平凡社新書

1001

半藤一利 わが昭和史

半藤一利

HANDO KAZUTOSHI

HEIBONSHA

夏目漱石が大正五年（一九一六）八月二十四日、芥川龍之介と久米正雄に宛てた長い手紙に書いています。

「世の中は根気の前に頭を下げることを知っていますが、火花の前には一瞬の記憶しか与えてくれません。うんうん死ぬまで押すのです。それだけです。……何を押すかと聞くなら申します。人間を押すのです。文士を押すのではありません」

文壇や世間の評判を考えるのでなく、人間そのものを根気よくただ一筋に押し続けるのであって、パッと出た火花のような一瞬のものは後には残りませんと。

同じようなことを、兼好法師が『徒然草』で述べています。

「されば、一生のうち、むねとあらまほしからむことの中《うち》に、いづれか勝るとよく思ひ比べて、第一の事を案じ定めて、その外《ほか》は思ひ捨てて、一事を励むべし」（第一八八段）

これ一番と思うことを自分で決めて、やはりうんうん根気よく押していくということです。

もう一人、松尾芭蕉が『笈《おい》の小文』で、「つひに無能無芸にして只此《ただこの》一筋に繫がる」と書いている。ある時は武士になって人に勝とうと考えたり、ある時は坊主になって高僧になろうといろいろと考えてきたけれど、結局は俳句の道ただ一筋であった。

——ようするに、これは、と思う三人の先人が、一つのことに心を定め、それだけに集中して、他は思い捨てても構わない、それが人生の要諦ですと同じことを言っている。芭蕉の「無能無芸」は謙遜があるに違いなくて、あまりあてにはならないんだけど、結局は俳句という一筋の道につながってきて今日があるのだという。あれもやろう、これもやろう、あっちに目を配り、こっちにも目を配り、とやっていては何もかも中途半端になってものにならないと。

ただし、これ、という一つの道を思い定めるまでが難しい。自分がいちばん好きで、気性に合っていて、これならやってみたいと思うことを十年間、ほんとうにこれ一筋と打ち込んでやれば、その道の第一人者になれますよ。何でもいい。それが私の場合は「昭和史」だったんです。なぜそんなふうになったのかを、これからお話しししようと思います。

半藤一利　わが昭和史●目次

一、遊びつくした子ども時代……11
向島に生まれて／人は死ぬ／豊かだった戦前／川のそばで／おかしな空気
悪童、「お坊ちゃま」になる／二宮金次郎が読んでいたもの／最初の空襲体験
少年講談と浪花節／運命の分岐点――中学進学
二、東京大空襲と雪国での鍛練……37
十四歳、死にかける／父との再会／疎開で転々／雪がくれた体力と忍耐力
三、ボートにかけた青春……55
日本人と橋／志はいずこへ／人生の〝決意〟／水の声を聞きながら
ボートの青春に悔いなし／〝浅草大学〟と苦肉の卒論
四、昭和史と出会った編集者時代……73
御茶ノ水駅の決断／生涯の宝／ボンクラの必要性／指名された理由
歴史はなぜ面白いか／人に会い、話を聞く／昭和史にのめりこんだとき
処女作は『人物太平洋戦争』／寝ながら書いたケネディ暗殺記事
『日本のいちばん長い日』／印税はゼロ／名デスクはヘボ編集長？

〝アソビの勉強〟と潜伏期間の決意／まぼろしの「明治史」⁉／ある成功の代償

五、遅咲きの物書き、〝歴史の語り部〟となる……………129

〝じんましん十年〟の役員時代／辞めなかった理由／『昭和天皇独白録』のこと
山県有朋をなぜ書いたか／命がけの独立／瀬戸際の体験／道に迷ってよかった
失ったもの、得たもの／脱線はムダか／昭和史はなぜ面白いか
「歴史に学べ」でなく「歴史を学べ」／通史をやって気づいたこと
平成とは何であったか／「平成後」を想う／人生の一字

[附録] 四文字七音の昭和史…………179

「皇国」という言葉／本家中国と日本／漱石先生と『蒙求』／「赤い夕陽の満洲」から
昭和史を転換させた「国体明徴」／二・二六から日中戦争へ
最高のスローガン「八紘一宇」／「油は俺たちの生命だ」／戦時下の四文字
日本人独特の死生観／崑崙山の人々／終わりに

略年譜…………220

本書は、二〇一九年五月刊『半藤一利 のこす言葉 橋をつくる人』（平凡社）の基となった連載「半藤一利 語る自伝」（『こころ』Vol. 46〜48、二〇一八年十二月〜二〇一九年四月）を完全版として再構成したものです。

一、遊びつくした子ども時代

７歳で小学校に入学。運送業の看板がかかった自宅前で。

向島に生まれて

昭和五年（一九三〇）五月二十一日、運送業を営む父・半藤末松と、産婆のチヱの長男として、隅田川の向こう側に生まれました。親父は自分の名前から字をとって「松男」にしようとしたって言うんだけど、「一利」と名づけられた、理由は知らねえ。東京市はまだ十五区しかないころで、私が生まれた今の墨田区あたりは、東京府下南葛飾《かつしか》郡吾嬬町《あづままち》大字大畑《おおあざおおはた》といって、見渡しても田んぼと畑と野っ原ばかり、やっと人が住み始めたような田舎でした。昭和七年、三十五区に増えたときに向島区ができて、晴れて東京市民になれた。「大畑生まれ」と言ってももう誰もわからない、だから「向島生まれ」と言うんです。それが今はなぜ墨田区なのか、先に言っちゃうと、昭和二十年の東京大空襲で向島区と隣の本所区が徹底的にやられて、戦後、人口が非常に少なかった。それで合併して墨田区になったんです。

生まれた家は、今もあるけど、こんにゃく稲荷（三輪里《みわさと》稲荷神社）の境内——当時はただの大きな原っぱ——に面した平屋建ての一軒で、玄関を出れば真ん前に遊び場が広がっていました。こんにゃく稲荷の由来は、新年の初午《はつうま》の日に神社がこんにゃくを売りだし、それを食べると一年じゅう風邪を引かないと言われていたから。何べんも食ったけど、しょっちゅう風邪を引いてました。

一軒建てであった俺んちはけっこう大きかった。親父の運送業の「迅速親切」と書かれた看板を出してある小さな玄関を入ればすぐに座敷。隣室には産婆をしていた母親の狭い診療室があった。車二台は別の所に置いてあったけど、この頃はまだ自動車が珍しい時代。どんどん家が建つし、引っ越しも多くてかなり儲《もう》かったんですよ。

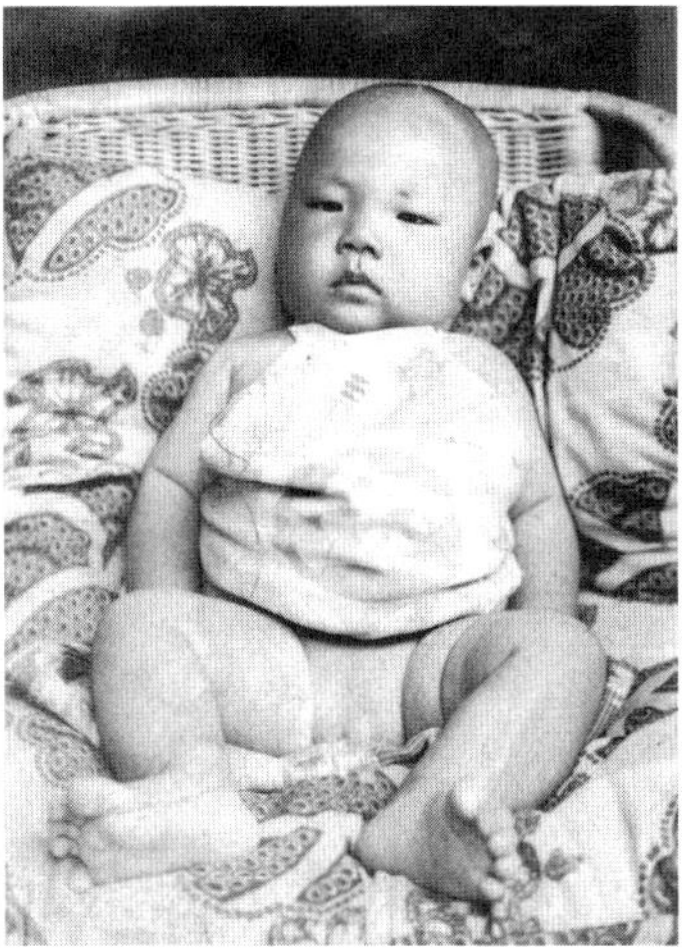

昭和５年５月21日、元気に誕生。

親父は新潟の小さな地主の四男で、あの頃は長男が家を継ぐから、次男やその下は、自分で身を立てるかお婿《むこ》さんにいくしかない。親父は小学校と高等科二年を出たぐらいで、海軍に志願して水兵になって、三等兵曹ぐらいまでいったかな。五尺八寸の当時としては大男で、体力はあったんでしょう。

母親もわりと背の高いほうだったなあ。

茨城の自作農の末っ子で、自立しなきゃいけないというので、こっちは当時の田舎としては珍しく女学校を出て御茶ノ水にある浜田病院の産婆学校を卒業したんです。かなりの名産婆だったから、とりあげた赤ん坊も数多く、今もこんにゃく稲荷の付近では覚えている人がいますよ。

いずれにしろ、新潟の親父と茨城のお袋が会うはずがないから長いこと不思議だったのですが、どうも親父が海軍のときに大正軍縮（一九二一〜二二年のワシントン海軍軍縮条約による軍縮）にひっかかったか、体を悪くしたのか、恩給が出るか出ないかの年数でやめちゃったんですね。それで公務員になれば年数が加算されるというんで、おまわりさんになった。なぜか群馬県高崎で勤務するようになって、ほど近い吉井町にときどき顔を出していた。そこに住んでいた母親の姉（つまり伯母）が親父をみて、「いいおまわりさんがいるから、お見合いしてみない」とお袋に勧めたらしい。だからお見合い結婚ですね。

それが昭和三年。東京に新婚共稼ぎの住まいを構えたようです。昔からある区内は土地が高《た》けえんだよ。新開地の向島はなんにもねえからよ、田舎から出てきた人が家を建てて住むのにちょうどよくて、田んぼや畑がどんどんつぶされていった。自分で商売ができねえようなやつは住めないから、豆腐屋、工務店、鋳掛屋《いかけや》、自転車屋、ごく小さな町工場、大工、酒屋、ミルクホール、左官屋、米屋……周りは地方出の自営業、わが小学校の同級生はそんなのばかり。月給取りのサラリーマンは一人もいなかったね。いわんや高級官僚においてをや。似たような夫婦が集まってきたから、おんなじくらいの歳の子どもがいっぱいいて、まあ行儀は悪いし、言葉づかいはものすごいし、柄が悪い。臭《くせ》えから「クサ」とか、「バブ公」はこないだまで生きてたらしいけどねえ……、俺は「半ちゃん」「半公」って呼ばれてたかな。

5歳ぐらいの頃、家の前で三輪車にのる。

貧しいことは貧しかったけど、町をつくっていく最中で活気があったし、とにかく子どもの数は多いし、転げまわって遊んで、楽しかったねえ。古くからの住民はといえば、ほとんど地主で、小金持ちで、質屋をやってる人が多かった。いがみ合いもいじめもなくて、大人も子どももみんな仲のいい町でしたよ。それこそ「助けられたり助けたり」の。

人は死ぬ

最初の記憶というと、ろくでもねえことを覚えてるんですが、母親が産婆さんだから、家に妙なものの広告が来るんです。いま思えば「アンネ」（月経帯・生理用品）か何かで、絵が描いてある。四つか五つの頃、近所のガキどもを集めてそれを見せながら、これが女の人のあれで、これが男の人のあれで……と見せてやったりしてました。母親にみつかって、「そんなもの見なくていいの、バカ！」とコテンパンに叱られたことをよく覚えています。

それでも出産関係の本が置いてあって、逆子《さかご》の絵だとか描いてあるじゃないですか、それを持ち出して見ていたから、俺は早々にそっちのほうの知識は相当に蓄えていた。産婆の助手さんにのべついろんなことを聞いてたし、子どもがどうやって産まれるかなんて、はるか小さい頃から知ってました。思えば、マセていてかなりの助平《すけべい》じゃなかったか（笑）。親父の運送業が儲かってくると「坊や」なんて近所で呼ばれていたんですが、「半藤さんとこの坊やは悪ガキで、知らなくてもいいことを、うちの子に教えてる」なんて評判が悪くて、たまには文句をつける人がいるんでしょうね、お袋に何べんもこんこんと説教されました。ただ、入院室で赤ん坊をとりあげるところには来ちゃいけない、と言われていたのは守ってました。

長男の私のあと、下に二つ違いの弟俊郎《としろう》、その二つ下に妹亭子《きょうこ》、また二つ下に弟智三郎《ともさぶろう》が生まれましたが、この三人は三つか四つのときにそれぞれ肺炎で死んじゃったんです。亭子は可愛い盛りでねえ、初めての女の子だから親父とお袋がそりゃあ可愛がっていたのを覚えてますよ。なんで死ぬのかわからないまま、「死んじゃったぁ」「死んじゃったぁ」って外で喚《わめ》いてね。ああ人が死ぬというのはこういうことか、人は消えていなくなっちゃうんだ、ということを子ども心にも深く感じさせられました。でもメソメソして詩を綴ったりする少年ではなかったよ（笑）。

それで俺が十二、三歳ぐらいのときだったか、親父とお袋が大喧嘩をはたきましてね。産婆は夜中に呼ばれて駆けつけることが多かったものだから、親父が「他人の子を産ませるために、てめえの子どもを三人も殺しやがって」と怒鳴ると、お袋は「なに言ってんの、毎晩大酒飲んでひっくり返って寝てばかりで、子どもが裸で寝ていたら布団ぐらいかけたらどうなの」とまくしたてる。親父が寅年でお袋が辰年なもんだから「龍《りゅう》虎《こ》相《あい》搏《う》つ」、いやもうすさまじい喧嘩でした。それをきっかけにお袋は産院を助手さんに譲って、パッと産婆をやめちゃったんです。

そのあと三人生まれて、それで生き残った。ですから私は四人きょうだいで、すぐ下の弟とは十歳も違う。歳が離れていたから、弟や妹の面倒はよくみました。上のほうで生き残ったのは私一人でしょう、のべつ扁桃腺《へんとうせん》を腫《は》らして熱出して寝込んでたから丈夫だったとは思えない。てめえだけ生き残っているのは不思議に感じていました。罪悪感なんてないですよ、ただ非常に寂しい思いは何度もしました。

今の子どもは死ぬってことをほとんど知らないですよね、ぼくらの時代は身近でわりと人が死んでたんです。平均寿命が五十歳くらいだったのは、長生きの人もいたんだけれど、子どもがたくさん死んでるからなんですね。近所で「うちの妹死んじゃった」「うちの弟死んじゃった」と泣いてる子がいて、大いに慰めてやったこともあります。そんなんで「人が死ぬ」ということを、小さいときからいやでも見せられた。まさかその後、東京大空襲であんなにたくさんの死を目の前で見るなんて思いもよらなかったですけど。だからといって、無常観とか、寂寥感とか、そういう高級な感情というか人生観というかが、幼ごころに芽生えた、なんていうことはなかった。遊ぶのに忙しかったですから。ただ、人はかならず死ぬものだ、という人生の根本哲学みたいなものは根づいたようですね。

豊かだった戦前

昭和の初めを暗くて息苦しい時代だったと言う人がよくいます。海の外では昭和六年に満洲事変があり、翌七年には上海事変が起きて、極端な言い方をすれば日本は戦争にもう足を一歩踏み入れていました。政治の世界ではよくなくなり始めた時代だったのですが、隅田川のあっち側では中央のことなんか、あまり影響ないんですね。ぼくの記憶では昭和十二年ぐらいまでは、じつに穏やかないい時代だったと思います。うっすら覚えているのは、昭和十一年の二・二六事件のとき、親父が「今日はお前、家を出ちゃいかんぞ。丸の内のほうで大騒ぎやってるらしいから」というので、雪が降ってたから「雪合戦したいのに」とぶーぶー言いながら一日家に籠ってました。そんな記憶がかすかにある程度で、それが昭和史を揺るがす大変な事件だとは、周りの大人からもあまり感じなかったねえ。

案外知られてないのは、ぼくが生まれる前の年にウォール街で株価が暴落して日本ものすごい不況だったのですが、満洲事変を起こし、上海事変を起こし、満洲国をつくり……なんてやっているあいだに日本の軍需産業はどんどん膨張してきたんです。下町では軍需工場らしいものはなかったし、家内工業で職工さんがつくっているのはどちらかというと子どもの玩具とか日用品なんだけど、日本はどんどん高度成長していて、昭和十二年の成長率が二四パーセント。バブル期でも一〇パーセントですから。生活はたしかに豊かになったんですよ。当時の写真を見ると、下町の子の着てる服はろくなもんじゃねえけど。あ、ぼくは着物は着なかったね、ももひき穿《は》いてた。

ふだんは何を食ってたかなあ、お袋は仕事が忙しくて、ろくに料理しない。出身が茨城だから納豆はずいぶん食わされたけど、お袋の味とか家庭の味なんて、そういえば知らねえなあ。隣が大阪の人で、駄菓子屋ともんじゃ焼きをやってたんです。そこでのべつ、もんじゃ焼きを食べてました。一家団欒《だんらん》なんてなかった。当時はちょっとした家にはたいてい女中さんがいたんで、うちも女中さんがいて何かしらつくってくれました。親父がときどき、お袋がいないのをいいことに「おい、一杯飲め」なんて勧めるんで、五歳から一緒に酒盛りしてました。「うめえや」「こりゃ将来、見込みあるな」って（笑）。まだ白いご飯が食べられて、表におでん屋が屋台を引いていたり、太鼓焼き屋が来たり、カルメ焼き屋が来たり。魚屋さんで女中さんが刺身を買ってきたのを食ってたかな。そういう意味では、下町には何でもあった。

こんにゃく稲荷に近所の子どもたちが集合、貧しくても笑顔はぴか一。前列右から3人めの「ももひき」ルックが半藤少年。

とにかく家の真ん前が遊び場だから、遊びという遊びをすべてやりました。押しくらまんじゅう、国とり、花いちもんめ、チャンバラごっこ、紙風船、竹とんぼ、水雷艦長、けん玉、トンボ捕り、ほおずき鳴らし、お化け大会、馬とび、木登り、もちろんベーゴマとメンコ、ジェロニモごっこ……これ知らないでしょ、アパッチ族の酋《しゅう》長《ちょう》が活躍するアメリカ映画を真似して、鉢巻きを巻いてあああーぁって叫びながら女の子のスカートを片っ端からめくる（笑）。家の中では遊んだことなかったね。境内が広いから、こっちでやっている遊びに飽きたら、あっちでやってる遊びに「入れて」と入っていくんです。そりゃ、喧嘩もよくやりました。まあ、ガキにはもってこいの所で生まれ育ったんですねえ。正直いうと、人生これほど楽しいときはないんじゃないかという毎日でした。塾とか幼稚園なんか行くヤツはいませんよ。今の子たちよりはるかに幸せだったんじゃないですか。

川のそばで

どんどん人口が増えて子どももぼんぼん産まれたんで、従来あった小学校では間に合わなくなって、急きょ新しい小学校ができたんです。入学したのは第三吾嬬小学校でしたが、一年生が終わって新年度から新設の大畑小学校に通うようになりました。そこでは他の小学校から来た奴らと一緒になって、男組と女組のほかに、余ったのを合わせて男女組ができて、ぼくもそっちへ入っちゃったんです。

そこにいた〝悪童〟四人と徒党を組んで、学校じゅうで有名になるぐらい悪さばかりしてました。校舎の二階には、向島商業高等女学校だったかな、女学校が入っていたんですよ。校庭も半分を女学校のお姉さんたちが使ってました。そこは小学生は入っちゃいかん、と言われていたのに、ぼくら五人組はジェロニモでわーっと走り回りながらお姉さんたちのスカートめくり。「あの子たちをなんとかしてほしい」と女学校の校長がうちの校長に訴えたもんだから、五人は朝礼台に立たされていい見世物になった（笑）。ちょん松、青大将、吉田でなくて悪田……みんな死んだんじゃないかなあ。

　荒川ではよく泳ぎました。隅田川はちょっと遠いんです。運送屋が流行《はや》りだすと、大通り沿いの二階家に引っ越したんですが、近くに荒川放水路によしず張りをした永田《ながた》流の水練場がありました。ちゃんと先生もいて、柔道の黒帯みたいに水泳帽の、いちばん泳げるのが黒帽、半黒帽、つぎが白帽に黒線三本、二本、一本。ダメなのが真っ白な帽子と、等級がわかるようになっている。いわゆる古式泳法です。抜手《ぬきて》といって、扇子であおぎながらの立ち泳ぎや、顔を上げたままクロールみたいに泳いだり、ようするに救助や護身のための泳ぎ方です。人を助けるときは、溺れている人めがけて解いたふんどしを投げるんですよ。それに摑まらせて引っ張る、てめえらはすっぽんぽんになっちゃう（笑）、そういうのも習いました。草の土手を、板でつくった手製の橇《そり》でダーッとすべるのも気持ちよかったなあ。

　勉強なんかしませんよ。でもなぜか成績はけっこうよかったね。甲乙丙丁で、しゃみせん（甲）がおしどり（乙）よりずっと多かった。四年生ごろまでは先生が厳しくて、さすがに授業はちゃんと出てました。得意な科目はなかったけど、ダメなのは唱歌。いつもヘイタイさん(丙)でした。修身の授業もあった。「教育勅語」ですよ、「爾《なんじ》臣民父母ニ孝ニ兄弟ニ友ニ夫婦相和《あいわ》シ朋友相信シ……」、ぜんぶ暗記させられる。「夫婦相和シ」なんてわかんないから、中身なんて考えずに一所懸命覚えただけ。

下町には剣舞やお琴の道場とかはありましたが、塾なんか、あってもソロバン塾ぐらい。小学生はよく遊び、またよく遊び、よく家の手伝いをしたんです。ぼくも弟と妹をおぶってでんでこを鳴らして子守りをしたし、女中さんが洗濯するのを手伝って盥《たらい》でイチニッサンと足踏みもよくやりました。

将来の夢? そんなのなかった。親の跡を継ぐ人が多かったから、俺も家業を継ぐのかなとは思ってましたけど。だってみんなそうだもの、同級生の豆腐屋のせがれは早朝からじつによく働いてましたよ、「とうふぃーとうふー」「おい、売れるか」「今日はだめだ」ってね。こいつは秀才でね。組で一番じゃなかったかな。

おかしな空気

どんどん家が増えていくから、のべつヨイトマケ(地固めなどをするときに皆で一斉に発する掛け声）の歌をやっていたわけ、「おとっつぁんのためならエーンヤコーラ」とか、助平な歌も歌う。助平じゃないと元気が出ないじゃない（笑）。それが好きで、ぼーっと眺めていると、そのうち一人がサルマタ一つの裸で歩いていこうとして「あ、いけねえ」と手ぬぐいを肩にかけた。「おじさん、それだって裸じゃないか」と言うと「ばか、ちゃんと手ぬぐいがかかってるじゃないか」。ああ、そうか、そういうもんかと思ったからよ、一年生の夏、気温が三十四度あった日にゃ、暑くて暑くてたまんない。学校帰りにパンツも全部ランドセルん中に入れてすっ裸になって、手ぬぐい一本を肩にかけて学校から帰ってきたら、母親が怒った怒った。上半身裸で歩いている人はいても、全部脱いでる人はそうはいない。あのときは手足を縛《しば》られて押し入れに入れられて参ったね。恥ずかしいなんてちっとも思わなくて、「坊や、立派なものもってるね」って言われていい気になってね。母親にも「裸じゃない、手ぬぐいをちゃんと肩にかけてる」と堂々と抗弁したから、いっそう怒らせた。

その頃のお仕置きは、押し入れでした。外に締め出したら、遊びに行っちゃうから意味ない（笑）。閉じ込められて、ご飯もくれない。ところが母親も産婆で忙しいから見張ってるわけにいきません。男子は泣いて命乞いをするもんじゃないから歯を喰いしばって入ってましたけど、決まって女中さんがそっと出してお八《や》つをくれた（笑）。

その年、昭和十二年に日中戦争が始まったんです。で、その頃から、なんとなしに世の中の空気が少しずつおかしくなってきました。翌年あたりから、周りの大人がどんどん軍国おじさんになった。在郷軍人といって、軍隊は地主の息子だろうが大学教授の息子だろうが、入隊すれば皆が一兵卒《いっぺいそつ》で平等だけど、娑婆《しゃば》に戻ってくればまた階級差がある。ところが在郷軍人会では、軍隊の階級がそのまま生きているんです。兵隊じゃないんだけれど、一応軍人ですから威張る。少尉なんていませんよ、軍曹だとか伍長とかぐらいで肩章《けんしょう》をつけて、ふだんは人足かなんかやってるんだけど、会合があると軍服を着てやってきては威張る。まだ非国民なんて言葉はなかったけれど、「お前たちに軍人精神を仕込んでやる」なんて、悪ガキたちが怒鳴られたりびしびしビンタされるようになったのはその頃からですねえ。とにかく何につけてもだんだんと厳しくなって、学校の帰りにランドセルをそのへんに置いてトンボ捕りに行ったりできなくなっちゃったんです。

それに近所でも召集令状が来て兵隊に引っ張られる人が出てきました。こんにゃく稲荷に武運長久を祈りに集まると、遊んでる小学生も「おら、旗持って」と言われる。ぼくも旗を振ってバンザーイとやらされました。そういうときに在郷軍人が威張るわけ。そんなことが十四年、十五年とどんどん組織立ってやられるようになって、生活のなかに軍国主義が入り混じってきたんです。国のためになる、ならないが基準になって、皆が〝国民〟にされて、いや、なっていった。悪童もこのあと否応もなしに〝少国民〟になっていくんです。

悪童、「お坊ちゃま」になる

昭和十四年だったと思いますが、親父の運送業は〝戦争の役に立つ仕事〟ではなかったので、もういい歳だから徴兵にはなりませんでしたが、軍需工場への徴用の対象になったのかな、それがいやで親父は区会議員に立候補して当選しちゃったんです。じつは運送業の傍ら、小売業として秩父や栃木の山から出る石灰を荒川と中川のあいだに集まっていた皮革屋さんたちに納めていましたが、周辺住民が「臭いから三河島の皮革屋街へ移れ」というので大揉《も》めしていた。親父は「皮革屋は革靴を作ったりして戦争の役に立つ、大事な職業なんだ」と騒動の矢面《やおもて》に立って反対し、中野正剛や薩摩雄次ら代議士を呼んできてこれを見事に阻止したんです。それで恩義を感じた皮革屋さんたちの信頼を集めたのが、区会議員に推されたきっかけです。政治とは何の縁もなかった親父だけど、素質があったのかねえ、俄然、議員として活躍し始めます。住民の頼みごとをやたらと引き受けては奔

父・半藤末松（1902-49）は知らぬうちに息子に大きな影響を与えていた。

走してました。

お袋はとっくに産婆をやめてたんですが、忙しく動いていないとだめな性分なんですね、今でも覚えてますが、親父の選挙運動での働きぶりは、そりゃあ無我夢中ですごかったですよ。議員になってからも親父の尻を叩くわ、人の頼みを必死になってきいて動き回るわ、まあじっとしていられない。常に旦那から一歩引いているとか、家庭の主婦なんかには収まりきれなかった人なんでしょう。二人で議員やっているようなところもあった。結局は仲が良かったんでしょうかねえ。

そうするうちに、政治力があるとは思えねえ親父が偉くなって、いつの間にか向島区議会の副議長になっていました。運送業と石灰業も続けてましたよ、だって運転手三人と助手八人、車三台を抱えて、事務員を使いながら自分は「行ってこい」とやってるだけですから。へんな親父で、飲むと「こんな戦争をやっていては、日本はもうおしまいだ」とか喚いてはお袋に「そんなことよそで言うんじゃないよ」とたしなめられてました。でも気づけば町の有力者なもんだから「先生」と呼ばれて、俺なんかも「お坊ちゃま」です（笑）。

二宮金次郎が読んでいたもの

五年生のとき、昭和十六年十二月八日に太平洋戦争がはじまりました。親父がこの朝、「バカな戦争をはじめやがった。お前の人生も長くはないな」なんて妙なことを言ったのを覚えています。もう周りの大人たちはぴりぴりしていて、学校でも勉強なんかろくすっぽ教えないで軍事教練が多くなった。担任の渡辺登という先生がひどい軍国主義者で、俺たちに軍人勅諭なんてのまで暗記させる。「一つ、軍人は忠節をつくすを本分とすべし」と。無駄じゃないかと思いました。戦争映画を見せられたり、「蒋介石が降参しないのはアメリカとイギリスが後ろにいるからだ、けしからん。わが日本の八紘一宇《はっこういちう》を邪魔する米英をやっつけなくちゃいけない」――そんな話をずいぶん聞かされました。でも、五人組は相変わらずでしたがね。

昭和十七年に入ると、二宮金次郎の銅像が供出されることになって、明日はいなくなるとわかった前の晩のこと。しょっちゅう先生たちに、「二宮金次郎は親孝行も勉強もしている、これがほんとうの日本人だ、こんな立派な子どもがいたのにお前たちはなんだ」とやられているから目の敵《かたき》にして、「あの野郎、本を広げて偉そうにいったい何を読んでいるのか見てやろうじゃないか」と五人が集まり、囲いを乗り越えて台を使って像によじ登ったんです。そうしたらわが校のは「忠孝」。ついでに他も見てやろうと近所の学校を回ってみたら、『論語』か何か漢字がたくさん書かれたのもあって、こいつにはお金がかかっているなと（笑）。

いくつか見ていくうちに、何も書いていないのっぺらぼうも一つあって、登ったちょん松が、「何にも書いてないいじゃないか。この野郎、読んでるふりをしやがって」とカーンと殴ったら、「アイタタタタ」と大声出しながらダダッーと落っこちちゃった（笑）。それで騒ぎになって捕まって、「お前たちはどこの学校のやつだ！」「大畑小学校です……」。

翌日、その学校の校長からわが校の校長へ厳重抗議が来ました。名前も調べられていて、登校したらすぐ校長室に呼び出されて往復ビンタ、おまけに午前中いっぱい、下級生どもにやいのやいの指差されながら表の朝礼台にずっと立たされました。

最初の空襲体験

六年生になった昭和十七年四月十六日、近くの東成館で戦争映画『将軍と参謀と兵』を見ていたときです。映像が突然パッと途切れ、「ただいま空襲警報が出ました。アメリカの爆撃機が東京の上空に来ているので上映を中止します」とアナウンスが流れて、皆家へ急いで帰れと言われました。外に出て上を見れば、ぽかんぽかんと、高射砲が破裂した煙が浮いてたんでしょうね。雲がほわーっととけかかったような感じで、全然こわくなかったですよ、敵の飛行機なんかどこにもいないんだから。でも「ぼやぼやしてると、高射砲の破片が落ちてくるぞ」と怒鳴られたから、被害を受けた人もいたんじゃないでしょうか。

日本はどういう国か、という話をやたらと聞かされたのもその前後からだったか。この国は始まって以来、天皇陛下がしろしめす神の国であって、われら国民はそれに忠節を尽くすこと、それ以外のことを考える必要はない、挙国一致というのはそういうことだと叩き込まれました。もちろん御真影は掲げてありましたが、愛国心も強い精神もまったくなかったし、天皇陛下が神さまだなんてこれっぱかりも思わず、「天ちゃんだってクソするんだろ」なんて言って、聞こえたら在郷軍人にビンタをくらいますけど。

少年講談と浪花節

小学校のときほんとうに熱心に読んだ「少年講談」（昭和六年〜、全四十五巻、大日本雄辯會講談社）が、歴史というものにふれた最初です。『猿飛佐助』『塚原卜伝《ぼくでん》』『岩見重太郎』『雷電《らいでん》為右衛門』『赤穂浪士』……少年向きにわかりやすく書いてあって、ほとんど全巻、読んだんじゃないかな。へえ、荒木又右衛門ってこんな人なのかと、歴史の面白さというよりは、歴史に出てくる人たちの話は面白いなあと思いました。真田十勇士や忠臣蔵の四十七士の名前、八犬伝の犬塚信乃《しの》とか犬山道節とか犬飼現八……何人か忘れたけど、あのころは全部言えました。本の調達はもっぱら貸本屋です。すっかり顔なじみになったから、おやじさんが「これ入ったよ」といつも用意してくれてました。マンガや「少年倶楽部」に載ってる山中峯太郎や佐々木邦《くに》の小説もよく読んでたけど……そういえば佐藤紅緑の『あゝ玉杯に花うけて』（「少年倶楽部」連載ののち昭和三年に刊行された、旧制第一高等学校の寮歌「嗚呼《ああ》玉杯」にちなんだ小説。チビ公こと青木千三は、秀才ながら貧しさのために浦和中学に通えず伯父の豆腐屋を手伝っていたが、やがて進学に希望を抱き、さまざまな体験を経ながら努力を重ね、友人の光一とともに一高に合格する）には夢中になって、感動のあまり小学生にして一高にはずいぶん憧れました。

趣味としては浪花節《なにわ》です。親父が好きでよくレコードをかけていたもんだから覚えちゃって、広沢虎造とか寿々木米若《すずきよねわか》、三門博《みかどひろし》、玉川勝太郎とか、今も虎造の「森の石松」なんか全部うなれますよ。隅田川に行くたびに橋の上から川の流れを見ながら「唄入り観音経」をひとっ節《ぶし》やるんです、「遠くちらちら明りがゆれる〜、あれは言問《こととい》、こちらを見ればぁ〜」って気持ちいいからよ（笑）。「赤城の山も今夜をかぎり」の国定忠治とか、浪花節もまあ一種の歴史ものと言えるかな。

学校の国史の授業なんてのは、天照大神《あまてらすおおみかみ》や大国主命《おおくにぬしのみこと》、弟橘媛《おとたちばなひめ》がどうの、神話ばかりでぜんぜん興味は持てなかったけど、今になって歴史探偵を自称したり、「歴史の語り部」なんて言われていい気になってるのは、根っこに少年講談と浪花節があるのかもしれない。あのころはこれが将来につながるとはまったく思わなかったけれど、中学校に入ってから役に立ちましたね。同級生たちと馬鹿話をしているとき、「お前、大石内蔵助の四十七士を全部言えるか」なんて、たいていの奴は言えないから、俺は勉強はあまりできないわりに、たいへんな物知りと思われて鼻高々（笑）。おまけにずいぶん後、文藝春秋に入社してすぐ坂口安吾さんのところに行ったとき、浪曲を二席ほど披露して大そう喜ばれました。

運命の分岐点——中学進学

じつにのんびりした小学校時代で、厳しい軍隊教育を仕込まれるようになっても周りに

大畑小学校の卒業式で行進する同級生たち。この校舎はのち東京大空襲で焼失した。

は軍国少年になったり、軍人志望なんていう同級生はいませんでした。もし山の手に育って周りに軍人さんの子弟がいれば（いま住んでいるのは、その昔は軍人さんがたくさんいた街なんです）自分もどうなったかわからないけれど、そういう匂いは少しもなかった。子どものときに過ごした場所柄は、後に人をずいぶん左右するんでしょうね。

卒業が近づくと、母親が「どうしようもないいたずらだけど、頭は少しいいようだから、中学を出して教育をつけたほうがいい」と言い出した。親父は早く働かせたかったようで

「奉公に出すぞ」なんて言って私を震え上がらせてました。下町では男の子も女の子もたいてい、小学校を出ると工場に働きに出たり、職人さん見習いになったから、中学に進学する男の子は二十五人のクラスでも四人か五人、女の子で女学校に行ったのは三、四人。そういう意味では、親はいたずら小僧のボンクラによく中学を受けさせてくれました。

昭和十八年三月十日、近くの都立第七中学校を受験しました。といってもその頃の入試は、口頭試問と体育検定と身体検査ぐらい。あと小学校からの内申書《ないしんしょ》。でも倍率が約三・五だったから、三人に二人は落ちたんじゃないの。……じつをいうと、通信簿に行儀作法の「操行」という項目があって、俺はいつも乙、へたすると丙。それで親父が、渡辺登を家に呼んで酒を飲ませたのを覚えてますよ。頼み込んで「わかりました、わかりました、甲にします」と成績を上げてもらった、だから裏口入学なんです(笑)。親父が区会議員というのがかなり大きかった。一緒に受験した、俺より勉強ができたやつが落っこちたもんだから、「お前は親父が議員だから受かった」とずいぶん言われましたが、じつはその通りなんでしょう(笑)。でも、もしここで落っこちて中学に行かなかったら、その後は全然違っていただろうね。

それより「八紘一宇は何か」「大東亜新秩序とは」と渡辺登にさんざん仕込まれていっ

たのに、口頭試問ではそんな問題全然出ねえんだよ。お米が二皿置いてあって「これは何ですか」と聞く。

「こちらは白米でこちらは玄米です」

「どちらを食べてますか」

「まぜて食べてます」

「なぜですか」

「白米を節約するためです」

「ほかには」

「思い当たりません」

終わってから受験生仲間にその話をすると、「ばか、玄米のほうが栄養があるからだろ」と言われて「そうか、大事なことを知らなかった」とすっかり落ちこんで、ああ奉公に出されるのかと思い込んでいたら合格じゃないの。入学してからそんな話を同級生にしたところ、つけられたあだ名は「ゲンマイ」。それに何となく夢のない達観したことをよく口に出すもんだから「和尚」がくっついて、「ゲンマイ和尚」になりましたけど。

二、東京大空襲と雪国での鍛練

配給された軍服を
着た長岡中学時代。

十四歳、死にかける

七中には入りましたが、小学校でろくに勉強を教えられなかったものだから、分数一つもできねえと言っていいぐらい、中学生になっても何にもできなかった。一学期の成績が三百人中、二百番台後半。こりゃ大変と、母親が家庭教師をくっつけました。家の近所の小学校の先生です。その教え方がうまかったのか、算数も理科もどんどん上達して、おかげで二学期は、五十人のクラスで七番ぐらいにまで跳ね上がって、これはかなりいい気持ちでした。なんだ、ちょっと勉強すれば成績は上がるんだと。とくに英語が面白かったのは、知らない世界だったからか。

でもこの時期となると、太平洋戦争も敗戦につぐ敗戦で、国内の空気が険悪化を増すいっぽうのときでしょう、勉強なんかより軍事教練みたいなものが重視されていました。いまも覚えているのは手旗信号とか・《ト》―《ツウ》・《ト》―《ツウ》というモールス信号。それと毎週水曜日午後の葛飾区柴又（フーテンの寅さんで戦後有名になりました）からの全校生徒マラソン大会。とにかく一旦緩急あったときに備えての心身の鍛練を徹底的にやらされました。

でも、七中の校歌はきれいでよかった。幸田露伴作詞のもので、いまでも歌えます。歌ってきかせてやりたいですね。

隅田の川はわが師なり
日夜を急かず怠《せ》らず
流れてやまぬ何十里
汪々《おうおう》として海に入る

学校が隅田川に近かったから、俄然、荒川でなく隅田川と親しむ機会が増え、桜堤をこの校歌を歌って散歩したり、白鬚《しらひげ》橋、言問《こととい》橋、吾妻《あずま》橋を渡りながら川を見るのが好きになりました。橋をつくる技師になりたい、と思いはじめたのはそのときかな、と。そう、きっとそうに違いないのです。

二年生の冬のはじめ、ついに学業を全面的にとりやめて、勤労動員に駆り出されました。ニッペイ産業（大日本兵器産業）という、零式戦闘機に積む20ミリ機関銃の弾をつくる軍需工場に毎日通って、流れ作業で品質検査をさせられたんです。小松川の第七高女（現小松川高校）の二年上のお姉さんが作業を教えてくれて、ついでに上野さんというきれいな

昭和20年３月10日の東京大空襲は、半藤少年の住む一帯を一面の焼け跡にした。墨田区両国付近から、右側に隅田川、手前には丸屋根の両国国技館が見える。

人と仲良くなったりして（笑）。けっこう俺もロマンチストだったのかなあ。

そして昭和二十年三月十日、東京大空襲です――あの日、俺自身も死ぬ思いをしたんですが、川に飛び込む力のない人の体がパアーと炭俵のように燃え上がるのを船から数多く眺めたし、焼け跡では山ほどの死体を見たし……跨《また》いだような気もします。今なら死んだ人たちはさぞ無念だったろうと思うけれど、そのときは正直何も思わなかった――思わなかった、ということが残念なんですね。ほんとうに何度も空爆を受けているうちに何も感じなくなっていたんです。自分はなんと非人間的なやつになっていたかと今でこそ思うけれど、どんな善人であろうと非人間的になれるのが戦争というものなんです。

あの空襲ではさまざまな経験をしました。火が出たとき、最初は火を突っ切って逃げようと思ったのですが、なんていうか、勇気っていうのが起きないんだね。真っ黒い煙がわーっと来て、火の赤い舌がペロペロと見える、そこを突っ切って行こうなんてとてもできないですよ。映画『七人の侍』で加東大介が「戦というものは、走って走って走り抜け、止まったときが死ぬときだ」と言うのは、その通りだと思います。逃げて逃げて火の追って来ないところまで逃げ切れば、死ぬ思いなんかしなかったのですよ。

自分自身は猛火のなかで、どちらに行こうか迷って逃げた中川の方角がたまたまよかった――反対の隅田川方面に逃げた人はたいてい死にました――、着ていた綿入れの背に火がついたんで脱ぎ捨てて身軽になったのも幸いしました。辿り着いた中川で船に乗せてもらえたし、そこから川に落ちて暗闇の中でもがくうち、ゴム長靴が脱げてゆらゆら落ちていったので水面がどっちかわかった……いくつもの幸運が重なってどうやら生き延びました。一つ間違っていたら、今この世にいなかったでしょう。生と死は紙一重ってほんとうです。

船から落っこちたのは、川の中でもがいている人に手を差しのべて助け上げようとしたのですが、掌を摑んでくれれば引っ張り寄せられるのに、なんでかねえ、溺れかけている人は無我夢中で上腕のところを摑むもんだから、軽いこっちは一緒に引きずられて落ちてしまったんです。すると、上から見ているよりはるかにたくさんの人が水中にいて、皆が助かろうとして摑み合いをしている。泳ごうにも、あちこち摑まれるから泳げたもんじゃない。もしカバンを提げたままだったり身軽になっていなかったら、振り払えなくて沈んだと思う。腕や脚を摑まれても、片っ端から振り払った。あのとき俺は人を殺したとは言わなくても……いや、まあ、殺したんでしょうね。自分だって危なかったですから。川で水を二度ガブッと飲んだのは覚えてますが、それ以上飲んでいたらやっぱりだめだったかもしれない。

猛火がおさまってからトボトボと焼け死体を数多く目にしながら、自分の家の焼け跡に戻りました。そこで満目蕭条《まんもくしょうじょう》たる風景を半ばボーとして眺めて、どうしてこんなことになっちゃったのかと思いました。このとき、ボンクラ頭だけど本気になって考えたのは、「絶対という言葉は死ぬまで使わないぞ」ということ。自分の頭で真剣にものを考えた最初でした。それまで「絶対に日本は敗けない」「絶対に焼夷弾は消せる」「絶対に神風が吹く」……周りにたくさんの「絶対」があった。「絶対に人を殺さない」ということも。しかし、それらはみんな嘘だと――たった一つの、それが自作の哲学でした。

父との再会

人はなぜ戦争をするのか――。そのときは考えませんでした。なぜなら、生活には響いてこなくても、生まれてこのかた日本は戦争ばかりしていて、戦争は当たり前でしたから。それを真剣に考えはじめたのは、戦後ずいぶんたってからです。

「建国いらい、日本は君臣の分の定まること天地のごとく自然に生まれたものであり、これを正しく守ることを忠といい、万物の所有はみな天皇陛下に帰するがゆえに、国民はひとしく報恩感謝の精神で生き、天皇陛下を現人神《あらひとがみ》として一君万民の結合をとげる――これが世界に冠たる日本の国体の精華であると、確信していたのです」。これはのちに『日本のいちばん長い日』を書くとき何人もの元陸軍軍人に会い、「あなた方は戦争中にどういう精神でいましたか」と問うと、共通して返ってきた答えです。この精神でいうと、自分の命が惜しいからといって降伏するのは非国民、ないしは売国奴ということになる。だから降伏のいかなる理由も認められない、そう思っていたというのです。ただし、徹底抗戦を主張していた阿南惟幾《あなみこれちか》さんが無条件降伏が決まって八月十四日に腹を斬り、徹底抗戦で反乱を起こした青年将校たちも自殺をしたと聞いて、やっとこさっとこ、この精神を抑え込んで終戦に転げ込んだ私たちは、今だってなぜあのときあんな敗け方をしたのかわからない、だからこんな国をつくってしまった、と思っているものが数限りなくいる——とも言ってました。戦後になっても、反乱将校の兄貴分であった井田正孝さんのように、最後までその気持ちは変わらないと明言していた人もいます。繰り返しますが、戦争は人をどこまでも非人間的にしてしまう。そのことはほんとうに確かなんです。

やっと死なないで済んだという思いはありましたけど、生きていることを有難いとも思わず、川に落ちたから寒くて寒くて、どうにかしてくれよと思いながら焼け跡で着ていたものを残り火で干していたら、親父が姿を見せました。親父は何べんも見に来ていたらしくて、いつまでたっても俺が戻ってこないので、「あいつは死んだに違いない」と思っていたみたいだね。感動の再会でもなんでもなくて、見つけるとお互いに「おや、生きてたのか」「親父さんも無事だったの」という感じ。それですぐに「俺、ちょっと忙しいから」とどこかへ行ってしまった。町会長でしたから、名誉職は今でも災害のあとは罹災証明書の発行とか忙しいでしょ。

空襲がはじまったとき、ぼくらは火を消そうと必死になってましたけど、親父は真っ先に自転車で火と煙の中を突っ切って荒川の土手まで逃げて、土手の上から自分の家のほうが焼けるのを眺めていたらしい。あのおっさんこそリアリストですよ。

その後、荒川の土手のそばで焼けなかった家に泊めてもらい、三、四日間とどまって遺体処理などをしました。

疎開で転々

それから母親と弟や妹たちがすでに疎開していた茨城県下妻《しもつま》に、親父と向かいました。そこでも一度、死ぬ思いをした。米戦闘機の機銃掃射を受けたんです。あれは心底怖かった。朝早く叔父さんと二人で魚捕りに行ったんです。大量の魚を提げて小貝《こかい》川の土手を歩いていていたら、P51が二機、すぐそばの空を通っていった。「敵機だな。でも、俺たちなんか相手にしないよ」なんて言っていたら、くるっとこっちを向いて、いきなり目の前に向かってきたんです。飛行機の頭がちょっとでも楕円に見えたら弾はそれるけど、真ん丸に見えたらまっすぐに弾が命中する、そういうときは左右に転げ落ちろ――戦争中だから子どもでもそう教わってました。そうしたら真ん丸いのがすごい勢いでやってくるでしょう、驚いたのなんの、叔父は土手の下に転げ落ちましたが、俺はその場で腰を抜かしちゃったんです。P51はそんな俺の横二十センチくらいのところをバッバッバッバッバーンと。思わず「ヒャーッ」と叫びました。B29の空襲では高いところのせいかアメリカ人を悪い奴だとは思わなかったけど、あのときは戦闘機のパイロットの顔が見えた。子どもとわかって平気で撃ってくるんだから、なんて残忍なやつだとアメリカ人がいっぺんに嫌いになったね。

七中はかなりの軍国主義だったけれど、なぜか英語はふつうに教えていました。校長の権限か、英語の先生ブタ松（山口国松《くにまつ》先生）の熱心さゆえだったのか、ともかくよく教えてくれて英語を好きになっていた。機銃掃射を受けても英語はいやになることはなかったのが不思議なんですが。じつはそれが、このあと長岡中学に転校したときに俄然生きたんです。

例の如く、親父は「敵が上陸してきて本土決戦は間違いない、ならば九十九里浜からやってくる、茨城県が最初に戦場になるだろう、ここもあっという間にやられる。日本が敗けるとわかっていても、なにも最初に死ぬことはない」と言う。じゃあどうするのか、自分の故郷の越後へ行こうというわけです。母親はしぶしぶ賛成して、一家六人で向かうことにしました。

ところが当時は制限されていてなかなか切符が買えません。まず高崎まで買えたので、とりあえず母方の伯母の家で、次の切符が買えるまでお世話になりました。となると俺の学籍簿を消滅させないために、下妻中学からの転校先を見つけねばならぬ。それでまた富岡中学に転校です。どうせ勤労動員だから勉強するわけじゃないんだけど、とにかく学籍簿だけは守らなければならない。たった一週間か十日くらいだろうけれど、富岡中学に入りました。ところが五日ほどたったとき切符が買えて、また転校です。ですから、学校の記録には俺の名前なんか残ってないんじゃないかな。

やっと越後に辿り着いて、長岡中学に転入手続きに行くと、先生が「富岡中学？ 知らんなあ。二流の中学だろう。うちは無理だから小千谷《おぢや》中学へ行きたまえ」と言う。仕方がないから汽車に乗って小千谷中学まで行って、なんとかそこに入れてもらいました。家に帰って事情を話すと、親父が怒ったのなんの。「お前は曲がりなりにも東京都立第七中学だ、よし、俺が掛け合ってやる」と翌日、例の区会議員的な剣幕で乗り込んでいって、「花の東京のナンバースクールに通っていた息子が、しかも戦争でさんざんな目に遭ってここまでやってきたのに、なぜ拒むんだ」と怒鳴った。応対に当たった先生は恐縮しちゃって「どうぞお入り下さい」と今度はあっさり入れてくれました。昭和二十年七月のこと。といっても、例によって勤労動員です。間もなく翌八月十五日、勤務先の工場で終戦を迎えました。

負けたらアメリカ軍が来て占領される、そうしたら南の島かどこかで一生、奴隷生活をさせられる、なんてインチキ話を教えられていたもんだから、それなら今のうちに楽しんでおこうと、仲間と防空壕に入ってタバコをふかしました。ちっともうまくなかったけど、「うめえ、うめえ」なんて。その晩、親父に「バカもん、南の島へなんて、どうやって何千何百万人を運んでいくってんだ」と諭されて目が覚めました。とたんにリアリズムに覚醒した、というところでしょうか。

中学では夏休み明けの九月一日からすぐに授業が再開されました。やっと職工から中学生に戻れたのです。そこで初めて同級生諸君に対面しました。長岡中学では戦争中はどうやら英語をろくに教えなかったようで、どいつもこいつも英語ができない。それに比べて俺のできること、できること（笑）。さすがだねえ、東京の中学は違うねえと大いに尊敬された。すこぶるいい気分でしたな、秀才になるのはいいもんだ、と。

雪がくれた体力と忍耐力

そうこうして十一月になると、母親が東京に戻ろうと言い出しました。戻るったって焼け野原だし、家のあった土地も借地です。でも借地権はあるんだから、そこに家を建てて生活しようと言う。親父は猛反対です。あんなに戦争をバカにしていた親父も、気持ちのなかでは相当な愛国者だったんでしょうか、敗けたとたんに何もかもやる気がなくなっちゃったようなんです。「ここでのんびり過ごせばいい、ちょっとした畑があって食うには困らないんだから」。金は田舎暮らしにはあまるほど持っていたみたいで、米も買える。生活にはじゅうぶんだし、一利は中学を卒業すれば学校の先生でもすればいい。先の見えない敗戦日本、余計なことはせずのんびり穏やかに暮らせばいいんだと。でも母親は「前途ある四人の子どもたちに、こんなところでぼんやり一生送らせるわけにはいかない、東京で一旗あげなきゃ」と断固がんばる。また猛喧嘩して、一人で東京に行っちゃった。残った親父と四人の子どもたちは、近所の戦争未亡人のおばさんに賄《まかな》いをたのんで暮らすことになりました。

しばらくして正月になると、母親が「家を建ててきたから」と戻ってきました。どうせ掘っ立て小屋みたいなものでしょうけど、例の皮革屋さんや知り合いたちが協力してくれたらしい。親父は拗《す》ねてぐちぐち言ってましたが、結局は一緒に行くことになり、一利お前はどうすると聞く。そこで決然と「もうこれ以上転校はいやだ」、長中に卒業するまで残ると主張したんだね。明治維新のときの米百俵の話（北越戊辰戦争に敗れ焦土と化した長岡に、支藩の三根山藩から見舞いとして送られた米百俵を、長岡藩大参事の小林虎三郎は藩士らに分配せず「人材を育てるのが大事」と学校設立資金の一部に充てた）を聞いて、いい学校じゃないか、と感じていたこともあるんです。下妻中学では「おい、疎開」と上級生にポカポカ殴られたこともあったけど、ここでは一切そういうことはなく、どろ臭くて妙な奴が多かったけど楽しかった。「ともかく長岡中学を卒業する、それから一高に入る」と宣言しました。そうしたら母親も「そう、それくらいの元気出してね、じゃあお前だけは置いていくよ」なんてね。で、親父が終生暮らすつもりで建てた古志郡石津村岩野の家に、一人で住むことになったんです。例の戦争未亡人のおばさんの賄いつきで。今は長岡市に入ってバスも通ってますが、当時は最寄りの信越線来迎寺《らいこうじ》駅から五キロも離れた田舎の田舎でしたよ。

そうやって一人になってみると、まあ、することがねえんだよ。しかも雪の多い地域で外にも出られない、終戦の年は豪雪でねえ。大雪の下に村はすっぽり埋まった。村に友だちがいるわけでもない。仕方がねえ、勉強するか、と猛勉強を始めたのがこのときです。『あゝ玉杯に花うけて』に憧れて本気で一高に入るつもりになって、英語と数学と物理と化学を、自己流ですが、まあよく勉強しましたねえ、寒いからって炬燵《こたつ》に入って居眠りもせずにね。物理がかなり好きになったのはそのころで、橋をつくることへの思いがぐんぐん膨らんできていたかもしれません。七中時代に何度も渡った隅田川にかかる橋の雄姿がなつかしく、しかもくっきりと浮かんできていました。

雪、雪、雪の長岡ぐらし。「わが雪国の春」より自筆画。

想像もできないでしょうけれど、わが住むあたりの雪はすごくて、夜中だけで道という道はすべてなくなっちゃうんですよ。村のなかだけはお百姓さんが朝早く起きて道をつくってくれますが、村の外に出るともう一面の雪野原。白一色で、はるか向こうのほうに隣村の杉の木立の緑がわずかに見える。中学生のぼくは学校へ行くためにいちばん早く家を出て、来迎寺駅まで五キロの道を歩いていかなきゃならない。その道が毎朝なくなっている。かんじきを持って、六十センチぐらい幅の村の道を歩き、村の外に出るとかんじきを履いて、雪の原っぱの向こうのほうにすっくと立つ桐の枝をめがけ、ひたすら真っすぐに歩く。すでに道をつくってあったところをあらためて踏みしめてまた道をつくるんです。枝に辿り着いて向こうを見ると、また桐の枝が立っている。また、そこを目指して真っすぐにひたすら歩く。目印として高い桐の枝が、雪で埋まらないようにしっかりと立ててあるんですね。それを繰り返してやっと駅に辿り着く。毎朝、そんなふうに道をつくりながら学校に通いました。五キロの道、とにかく毎朝ですよ。高村光太郎の詩にあるように、まさに「僕の前に道はない僕の後《あと》に道は出来る」です(笑)。向こうから同じように道づくりの人が来ると、幅六十センチぐらいの道を、身を細めてすれ違ったものです。顔なじみになって、「おはようございます」「これから学校かや、気いつけろや」とね。

学校が終われば、同じ道をまた帰る。越後の人間が冬にやることは「雪踏みと屋根の雪下ろしだがね」といいますが、屋根の雪下ろしもやったし、雪のない季節は高下駄を履いて五キロの田舎道を往復して、ぺしゃんこになった高下駄の歯を何べんも取り替えました。

それで体がメキメキと丈夫になったんです。扁桃腺を腫らしてちょいちょい寝込んでいた子どもだったのに、すっかり足腰が強くなった。背も高くなった。越後での中学三年から五年まで、三年間の雪踏みと雪下ろしがなかったら、今の自分はないんじゃないかな。一つのことを黙々とやる、「道をつくる人」に徹する、単調な作業に耐える忍耐力もついた。それは後のボート漕ぎにもつながりました。

ただ、そのときに考えていたのは、一高に入ってみせるぞということだけです。中学では戦争中、周りがだんだん軍国少年になっていって、みんな少年航空兵や予科練を目指していましたが、「俺は一高へ進むから」と。「非国民じゃないか」と非難されながらも頑固一徹でしたね。反戦論者の親父の影響もあったかな。

昭和二十二年の春、四年のとき、受験のためにいっぺん東京に出ました。旧制高等学校の受験資格は「中学四年修了程度の学力」なので、いよいよ一高を受けたんです。でもあっさり落っこっちゃった。考えれば長岡中学の秀才、いや秀才もどきごときが、自己流の頑張り方で一高になんか入れるはずなかったんだよ。あの試験の難しかったこと。見た瞬間、「ああ、今年はだめだ」。そのときはショックというか、正直「また越後に帰るのか……」という落胆がありました。パッと一面真っ白の雪景色が浮かびました。

そのときの東京の街の美しさ、いまでも忘れられません。焼け野原はいたるところにひろがっていたし、バラックばかりでしたが、電灯が煌々《こうこう》と輝いていてね。それに東京の女性は、なぜかみんな長い髪になっていて、それを春風になびかせていた。ああ、これが〝戦後〟なんだと、田舎もんになった俺は実感しましたなあ。

とにかく、そのとき学問の程度がまったく違うということは骨身にしみてわかった。なれど、東京の女性に魅せられた俺は、翌年もまた挑戦しようとますます強く決心していたところ、どうも六・三・三制が実施されるので高等学校がなくなるかもしれないという噂が流れたんです。すると一高を受けてまた落ちたら行くところがなくなる、それで一つ格を落として浦和高校を受けることにせざるを得なくなった。でも長岡中学から浦和に入った人は過去にいないらしい。「一三静浦」といって、浦和高校は一高、三高、静岡と並んで、同じぐらい難しいとも言われていましたから。新潟高校なら通るからと先生は言ったけど、もうさすがにこれ以上は越後にいるのはごめん、東京近辺に帰りたくて強引に浦和を受けました。そしてなんとか合格しました。久しぶりに心から嬉しい、これで東京へ帰れるんだ、もう一人じゃないんだ、とひそかに喜びに浸ったのです。

三、ボートにかけた青春

東大ボート部で生涯の友だちを得た（左端が著者）。

日本人と橋

隅田川にかかる橋でいちばん古いのは徳川家康が施工した千住大橋、つぎが永代橋と両国橋。そのあと江戸っ子が自分たちの手でかけたのが吾妻橋。江戸時代にはそれだけで、関東大震災のあとになって白鬚橋、言問橋、駒形橋、厩《うまや》橋、蔵前橋、新大橋、清洲橋。昭和十五年に勝鬨《かちどき》橋……ひとつずつ意匠が異なるんですね。小さいころから遠くに、近くに、斜めに、中学生のころは途中まで渡っていって川面をしばし眺めたり。ボートを漕ぐようになってからは、その下をかいくぐって見上げながら、各々の形の美しさに見とれてきました。重量感のある鋼鉄アーチの永代橋と、ごつごつと骨太につくられた白鬚橋が好きだったけど、いつ、どこから、どんなふうに見るか、橋ひとつで川の表情もさまざまに変わる。

日本人は橋というものになにか精神性をもってきたと思うんです。こっちからあっちへ移すもの、道の終わりから新しい道へ移すもの。三途の川で此岸《しがん》から彼岸へ渡るイメージもある。親父が言っていたのは、建築物と違って橋には誰がつくったと麗々しく書かれていない、ということ。それもそうだなあと。おのれの独創性を誇示したり、自己表現して満足するのでなく、人や車が通るのにこういうものがいいと考えて、一つずつかけられてきた。そこには日本人の優しさがあるような気がするんです。「橋をつくる人になりたい」、その思いは中学生のころから少しずつ膨らんでいきました。

橋をつくる技術はフランスがいちばん優れていたから、フランス語ができないと橋の技師にはなれない。高等学校には英語科とドイツ語科はともかく、フランス語科があるのは一高と浦和と、あといくつもなかった。それで一高がダメならと、じつは浦和の理科三類（第二外国語がフランス語）に進んだのにはその理由もありました。

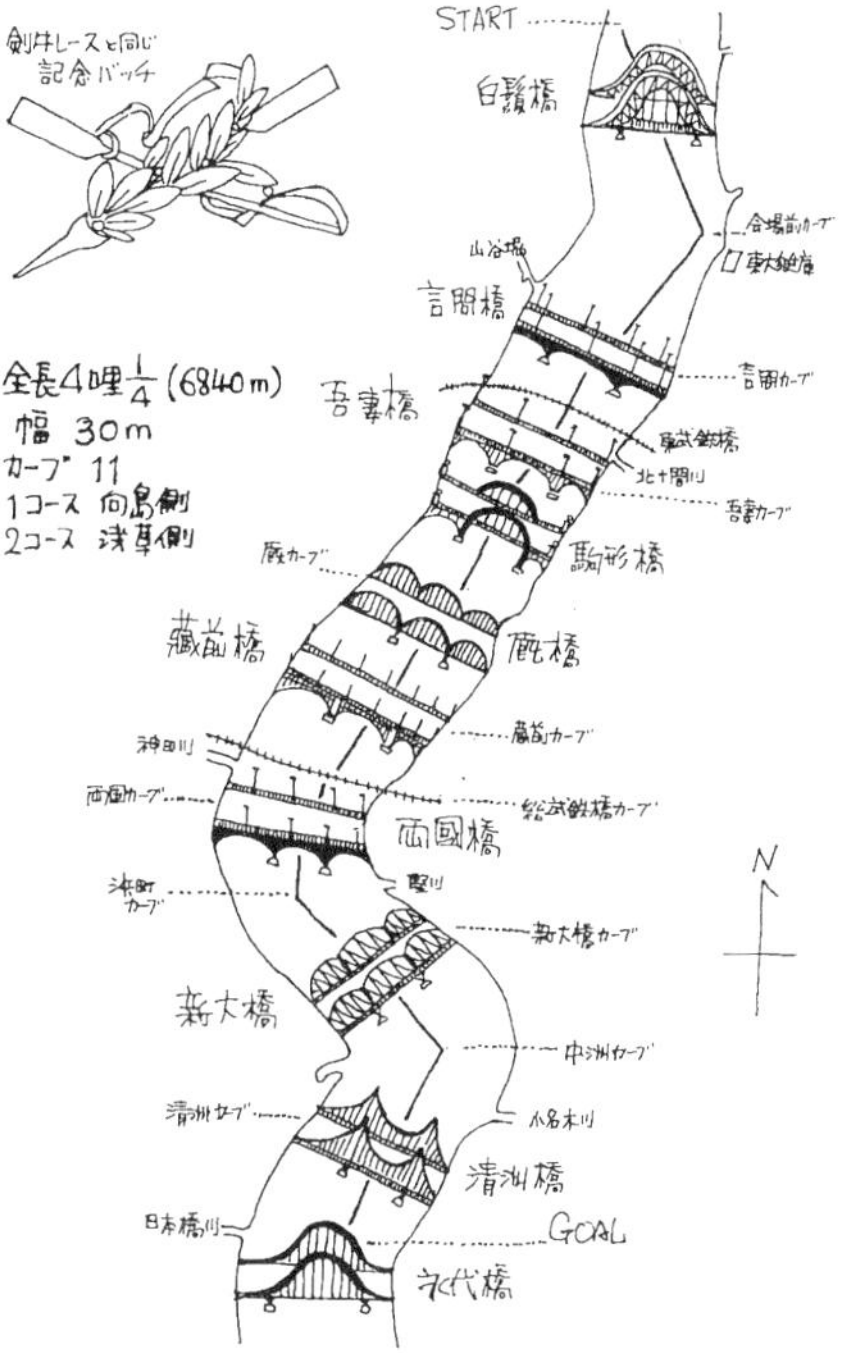

隅田川にかかる数々の橋は長い歳月をかけて脳裡に刻み込まれた。この絵は自身で描いた、のちの東大と一橋大学との長距離ボートレースのコース。

浦和高校に入って何がよかったかと言えば、まずボカーンと頭を殴られたように、ほんとうに頭がいい人というのはこういうものかと思い知らされたこと。下町の悪ガキ育ちで基礎的な教養もないまんま、にわか勉強の田舎秀才なんて、頭の根っこが違う秀才が集まる高等学校ではとてもとても太刀打《たちう》ちできないんです。

それから読書が好きになったこと。浦和は当時、一年間は全寮制で、寮の部屋や図書室には先輩が残していった古今東西の本や雑誌が山ほど転がっていました。それらを手当たり次第にむさぼり読んだ――坂口安吾の『堕落論』や西田幾多郎『善の研究』、和辻哲郎『古寺巡礼』なんかを読んでショックを受けましたね。

それと高等学校の語学教育は親切丁寧なんてことはなく、できない奴はどんどん置いてきぼりのすさまじさ。俺は英語ができるんだなんて高い鼻はたちまちポキリ、なんです。一年生の終わりにモーパッサンの短篇やメリメの『カルメン』も原書で読まされたんですから。

入学して一時間目の授業を受けたとき、こんな詩をつくりました。

最初の授業

白線二本の帽子をのせて
拙者のろのろ寮を出る
バラックみたいな教室で
ままよ大胆いつぷくすれば
こりやまつたく眺めがよい

櫻散るなかやつて來た
羽織袴が黒板に
實存主義と大書した
暫時そのまま天井を睨み
勝手に哲學して御座る

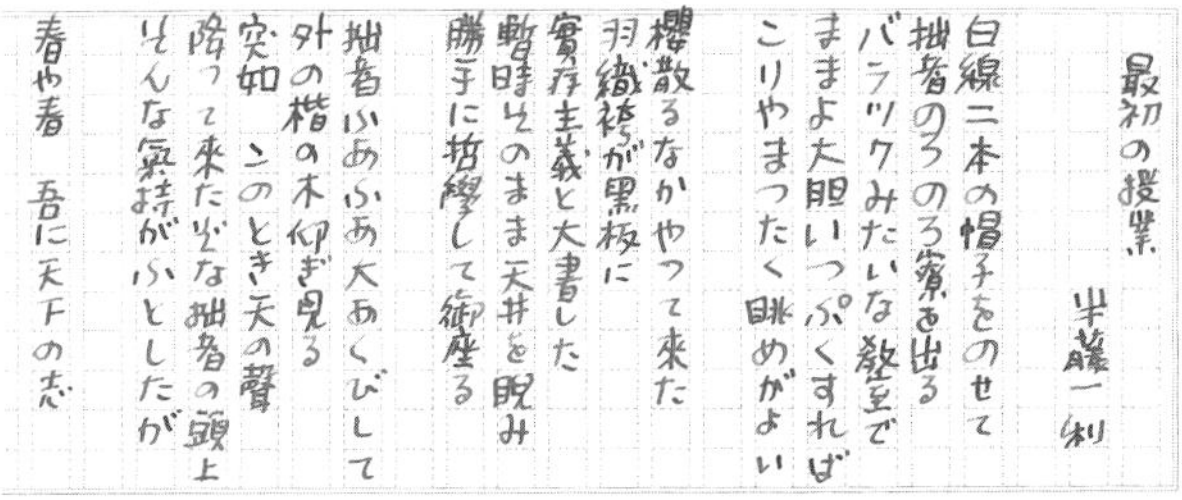
最初の授業　半藤一利
白線二本の帽子をのせて
拙者のろのろ寮を出る
バラックみたいな教室で
ままよ大胆いつぷくすれば
こりやまつたく眺めがよい
櫻散るなかやつて來た
羽織袴が黒板に
實存主義と大書した
暫時そのまま天井を睨み
勝手に哲學して御座る
拙者ふあふあ大あくびして
外の楷の木仰ぎ見る
突如　このとき天の聲
降つて來たぞな拙者の頭上
そんな氣持がふとしたが
春や春　吾に天下の志

浦和高校に入学して間もなくつくった「最初の授業」の詩。

拙者ふあふあ大あくびして
外の楷の木仰ぎ見る
突如　このとき天の聲
降つて來たぞな拙者の頭上
そんな氣持がふとしたが

春や春　吾に天下の志

五分か十分、懐手《ふところで》したまま教授はなんにも喋《しゃべ》んないじゃないの。じっと天井を睨《にら》んだまま。こんな授業あるのかと……柳田謙十郎という哲学の先生でした。橋をつくるという天下の志を抱いて入学したものの、大変な学校に入ったんだ、こりゃ俺にはあまりの高望みでダメかなあと。

寮の部屋は、弁論部とかラグビー部とか野球部とか部によって分かれていました。最初はヨット部に入ろうか迷っていたのですが、「オリンピックに出られる」と勧誘されてボート部に決めました。昭和十九年のロンドン・オリンピックは戦争で中止になって、二十三年にあらためて開催されることになりましたが、敗戦国の日本は参加が認められなかった。「ドイツと日本はいわば戦犯国ゆえ、参加は認められない」と国際オリンピック委員会が冷たく排除したんです。占領が続いていたし、敗戦日本はそりゃあみじめなもの。だからオリンピックに出場して世界に認められるというのは、当時の日本人にとって、ものすごく大きなことだったんだと思う。少なくとも私にはそうでありました。そういう意味では、これっぱかりもなかったはずの愛国心だったのかねえ。よし、オリンピックに行ってやろう、それでボート部に入って、せっせと隅田川に通うようになったんです。

一から艇を漕ぐことを教わります。となると、どうしても授業を休まざるを得なくなる。高等学校の理科の授業というのは、一時間でも休むとどんどん先に進んでいてさっぱりわからなくなってしまう。一カ月足らずで、授業に出てもチンプンカンプン。こりゃダメだ、ということになって、学校におそるおそる願い出て、理三から文丙（文科丙類＝フランス語が第一、英語が第二外国語）に転部させてもらいました。

これはねえ、のちのち大事なことにもつながるのですが、ボートは個人競技ではなくて八人で漕ぐもの、自分だけの都合で休むというわけにいかないんです。一年生だからなおさら先輩に「授業に出ますから休ませてください」とは言えない。すると無理して浦和から向島の隅田川に行っちゃう。まだそこまでボートが好きなわけではなく、練習のきついことに悲鳴もあげて、なんでこんなことはじめちゃったんだろうと思いながら、そういう日々が続きました。というのも、入るとすぐに、背が大きいし体力もあるというんで「お花見レガッタ」の選手にしてくれたんです。このときにボートをやめて志のほうに打ち込むという気持ちは、やっぱり、あるようであまり強くなかったんですねえ。いわゆる「義理」というのを感じたんです。男気《おとこぎ》といってもいい。下町生まれの律儀さもある。昭和二十三年、まだ物がない時代に、先輩たちがマネージャーとして選手のためにお米を買ってきたり、寄付をもらいにいったり、いろいろと工面してやってくれる、自分も腹を減らしながらですよ、悪いじゃないの、という気持ちもありました。それであっさり文科に転じたものの、そこはやっぱりフランス語はやろうと思って「文丙」。だから、まだ橋への未練は少しはあったのですが、技師を目指すには理科に行かないと無理でしょうから、実質的には諦めたことになるんでしょう。といって、他にやりたいこともなかった。文丙の同級生はサルトルだのカミュだのと論じていましたがね。

人生の〝決意〟

おのれの人生の行き先を変える大決心をさせた「お花見レガッタ」は接戦の末に慶應に敗けてしまい、つぎは夏のインターハイです。そこでもまた選手に選んでくれたので、それまでの陸上での練習から、夏休みになる前には水の上の練習がはじまりました。八人のクルーを揃え、マネージャーも決め、隅田川で練習をスタートして二週間ほどたったころです。高等学校が廃止されて新制大学になり、俺たちは一年生限りで修了してしまうことが決まったんです。じゃあ来年、もういっぺん大学入試を受けるのか？ 噂では、浦和高校と東京高校と一高が一緒になって東大教養学部ができるから、黙ってても移行できるという話も聞いたんです。ならインターハイに打ち込もうということになったとたん、やっぱり皆が公平にもう一度受験をすることが決まっちゃった。となると、やっと猛勉強して浦和に入ったのに、また厳しい入学試験かよ、のんびりしていられない、勉強しなきゃいけないじゃない。インターハイへの練習をはじめて二週間でそういう事態ですよ。部では「時代は変わった、われわれは勉強に精を出さねばならない、インターハイは返上しよう」という声が上がって、なんとなしに空気がおかしくなってきました。それで卒業した先輩も呼んで大会議をしたんです。といっても戦後できたクラブですから全員で二十五人程度ですが。

議論を交わすうち、「どんなに練習をしても夏休みを全部つぶすわけじゃない、これが高等学校最後のインターハイなんだから出るべきだ」という意見と、「今が大事なときだ、やはり勉強をするべきだ」という意見と、両方が譲らない。そのとき自分は——。なんとなしに文丙の同級生どものことが頭に浮かんできた。夏休みの勉強や読書の計画をいろいろと立てているじゃないの。「半藤、お前はどうすんだ」と聞かれて、「俺はインターハイがあるから」「そんな暇があんのか」なんて言われて、正直いうと迷ったんだねえ。高等学校というのはなかなかいいところで、それが一年限りでなくなっちゃうのかという思いもあるし、後れをとりたくもない……そうだ、夏休みならまとめて『ジャン・クリストフ』(ロマン・ロランの長編小説、全十巻)を読破し、トルストイの『戦争と平和』を読み通すこともできる、いいチャンスじゃないか……とそんなことを思い始めたんです。この食うものもろくにないときに、腹をすかしてフェニキアの奴隷みたいにボートなんか漕いでないで読書や勉強して教養を身につけたほうが、そして来年の試験の準備をはじめたほうが……周りはとんでもない秀才なんだから。

会議では結局、投票で決めようということになって、迷いながらインターハイ辞退に一票を入れました。結果をみると、五票ぐらいの差で辞退のほうが多かった。そのときです。

矢部さんという一年上の先輩が立ち上がって、部屋の窓を開け、寮じゅうに届かんばかりの声で、

「浦和高等学校ボート部、本日ここに消滅せり、本日ここに消滅せり」

と、滂沱《ぼうだ》と涙を流しながら叫んだのです。それを目の前で見せられてしまった。「あっ」と思いましたが、〝消滅〟のほうに投票した自分は、見て見ぬふりをせざるを得ませんでした。

その夏休み、蓋を開ければ『ジャン・クリストフ』も『戦争と平和』もまったく読まなかった。ボートも漕がず、オリンピック出場の夢もどこかに消え、寮の一室でゴロゴロして、いわば、ただぼーっとしていた。そのとき心底から思いました。自分でやろうと思い立ったことを途中でやめ、できもしない夢を勝手に描いて追いかけるのは、他人の人生もぶっ壊すことになるんだと。大きなはかない幻を見て、それを素晴らしいことと思い定め、必死にやろうと決めたことを投げ出し、鈍才がいい子になろうとして、とんでもない大間違いを自ら選んでしまった。なんたる馬鹿だったか。もしかして、空襲でしがみつく人を振り払ったのも、同じことじゃなかったか――。この一件がなければ、のちにあれほど一途にボートをやらなかったと思います。それ以来、自分でよく考えて一度《ひとたび》やろうと決めた

ことはダメでもともと、できてもできなくても時の運、いいも悪いも関係なしに貫き通してみせる。どんなに辛かろうとも、それを自分に課そうと決めました。

ボートの練習というのは外からみると楽しそうに漕いでいるだけに見えますが、そんなに易しいもんじゃない、艇はそう軽々と進むものではない。何度も挫《くじ》けそうになったし、その後の人生でも苦しいことは山ほどありました。そんなとき、「浦和高等学校ボート部、本日ここに消滅せり」と叫んだ矢部さんの後ろ姿とあの声と号泣を思い出して乗り切ってきました。今は号泣というのはあまり見ないでしょう、あのときは何人かが肩をたたき合って、そんなふうに泣いていました。汚い畳を何度もたたいて悔しがっている先輩もいました。矢部さんはもう死んじゃいましたけどね。

水の声を聞きながら

東大に入学すると、もう一年のときから、ボートに打ち込みました。浦和高校でのわずかな経験を買われてすぐ選手になれたし、あのときの猛反省があるので、最初から「よーし、意地でも最後まで脱落せずにやり通してみせるぞ」と決めて、卒業するまで隅田川の上でひたすらボートを漕ぎました。猛練習に音をあげることもなく一筋に励みました。結局、オリンピックには行けませんでしたけどね（笑）。

当時は隅田公園のはずれに艇庫があって、昭和二十六年春からは、その隣のあばら家みたいな合宿所で三百六十五日を暮らしていたようなもんです。コックス（舵手《だしゅ》）も加えて対校選手九人とマネージャー二人の男たち、トーガンとかタコとかゴリとかQとか、へんなあだ名の連中と寝食を共にしたから、いいこともいやなことも、滑稽なことも悲しいことも、思い出を語ればもうきりがない。ちなみに二番手の私のあだ名は「ヘソ」。体の臍と同じで、大して役には立たないけれど、いないと格好がつかない妙な存在、よくいえば仲間の潤滑油ってとこかな。

東大ボート部でたゆまぬ鍛練を続け、隆々とした腕を誇る半藤青年。

愛艇「白光《はっこう》」の上で毎日毎日オールを引く仲間は、合宿所でたまには敗戦国日本の明日はどうあるべきか、人生どう生きるべきかなんて議論もした。世界史を眺めても、黄河、ガンジス、チグリス・ユーフラテス……川のほとりで文明は生まれたでしょう、川の流れを見て人は哲学をはじめるんですよ。「ゆく川の流れは絶えずして、しかも、もとの水にあらず」の『方丈記』だってそうです。

六月には一橋大学との長距離（四マイル四分の一＝約六八四〇メートル）対校レースがありました。スタートが白鬚橋の上流の石浜神社下、ゴールは永代橋のたもと、隅田川の名所旧蹟を左右に眺めながら一気に漕ぎ抜ける爽快なコース。これで初勝利したときの雄姿は代々語り伝えたいくらいです。三年生のとき全日本選手権大会で、慶應大学に三十センチ差で二位に甘んじたときの悔しかったこと。これでオリンピック出場を逃したのです。それでも四年生になると、早稲田と一橋を寄せつけず、全日本優勝の栄誉に輝きました。この輝かしい楽しい話は子々孫々にいたるまで何べんでも語りつづけたい（笑）。

ボートの練習というのは忍耐と努力以外の何ものでもなくて、ただただ漕ぐという一つのことをえんえん繰り返すものです。練習、練習、練習、練習、それあるのみ。そうすると八人の漕ぎ手《クルー》が心身ともに一つになって、突然といってもいいくらいに艇が驚くほど速く、滑るように走りだします。スポーツの醍醐味はそれで、ある瞬間、不可能だったことが可能になるんですよ。そうなると、重たかった艇がスゥーッと軽くなり、一本一本、漕ぐことが楽しくなり、どんな苦しみも乗り越えられる。ものごとの上達というのは何でもそうかもしれません。歴史を勉強するようになってからも、どうしても理解できなかったことが、しこしこ何冊もの史料を読みつづけ、常住坐臥《じょうじゅうざが》頭の中で考えているうちに、パッとひらめくようにわかったりするんですから。

ボートの青春に悔いなし

川のそばで育ったせいもあるんでしょうか、川が好きですね。水の流れが性に合うのかな、水は不思議な色、肌ざわり、そして響きをもっている。「水を渡りまた水を渡る」という漢詩（高啓「胡隠君を尋ぬ」）がありますが、川というのはほんとうに詩的だと思います。とくに猛練習が終わって艇庫へ戻る日暮れどき、川面にたちこめる水蒸気、暗くなっていく空の薄明かりのなか、川べりの家々の屋根から淡い光をおびた月が出てくる。俺たちは水の上の貴公子かもしれない、なんて……思えば空襲で死にそうになったのも、また命びろいしたのも川の中でした。

ボートを漕いでいて、スカッ、スカッ、とオールを漕ぎ切って水から離すでしょう、これをフィニッシュといいますが、すると艇がピターッと水平を保ち、舳先《へさき》が小さく波を切りながらびくともせずにスゥーと水の上を滑っていく――そう簡単にはいきませんよ、下

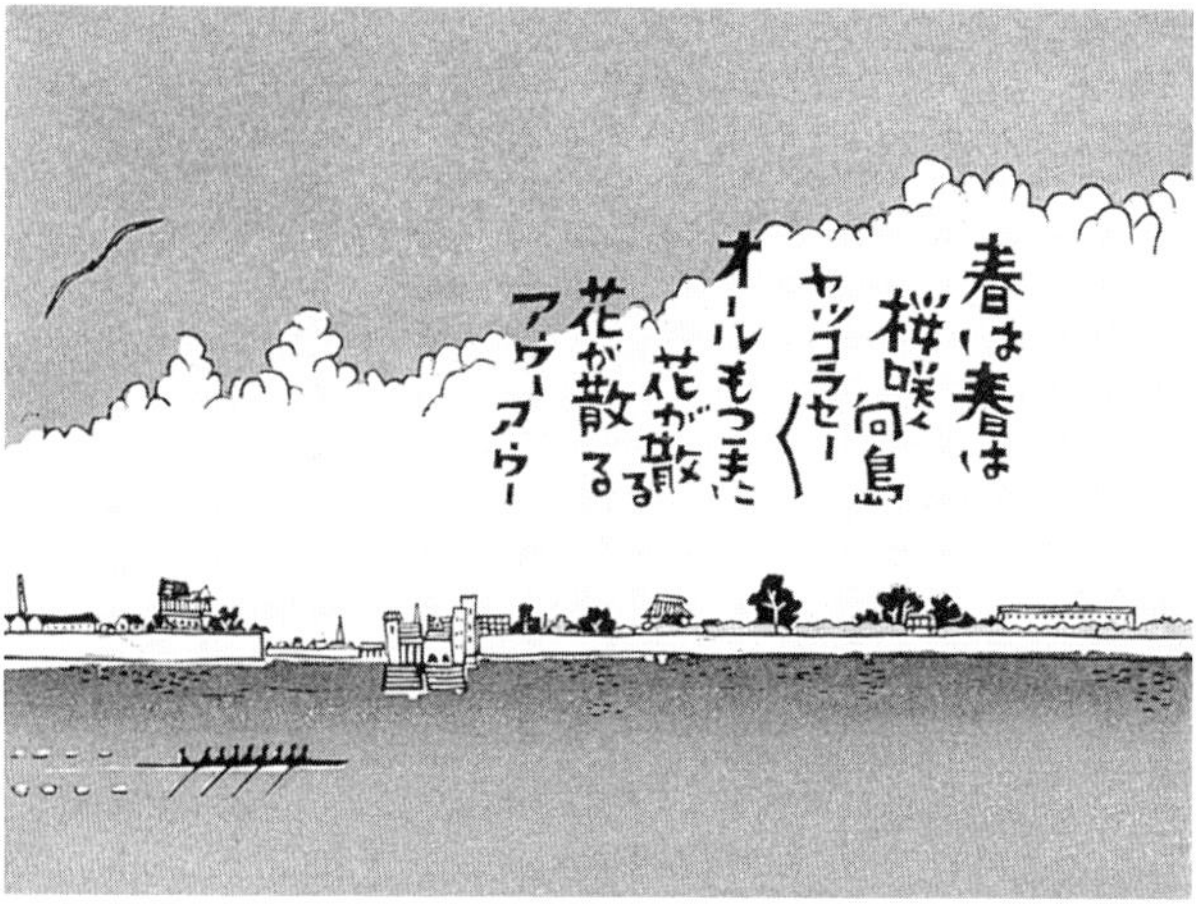

春の隅田川を漕ぎゆく幸せ。著者作。

手ならちはバランスを失ってガタガタッガタッ、バシャバシャッとなる——この水の上を軽やかに滑る音、水の声とでもいっていいのかな、前のほうで漕いでいる連中には聞こえないかなと思うんだけど、ぼくは二番手ですから舳先に近いんです。競漕用ボートは流線形で幅がうんと狭いでしょう、尻のすぐ両脇から湧くような、ボートが水を切ってシュルシュルシュルシュルーッと進む水の声はそれはもうきれいで、透きとおっていて、いやーいいもんだなぁーって、えも言われないほどの気分になる。陸にいては味わえません。

いまわの際《きわ》に思い出すのは、自分がボートを漕いでいるその瞬間じゃないかと思うんです。俺からボートレースを抜いたら、人生はあり得ないんだよな。

〝浅草大学〟と苦肉の卒論

大学での勉強のことですか？　それは困る質問なんだねえ（笑）。

学部は文学部国文学科。はじめ国史科に進もうと思ったのですが、あそこは戦前の皇国史観の牙城、いまもその残滓《ざんし》があるからとの忠告を受けて諦めました。で、四年生の九月初旬に大会が終わってからよき学生に戻って、せっせと授業を受けました。卒業論文のテーマ提出のときになって「万葉集にみる大化の改新と壬申の乱」という主題だと豪語したら、仲のいい同級生の何人もが「万葉集はやめろ」と言う。「なぜ？」「同級生に万葉集のお化けがいる。中西進だ。あいつは小学生のときから万葉集を全部暗記している。あいつと比べられたら卒業も危うくなるぞ」「へェー、それなら、何をやったらいい？」「そうだな、いまからやって間に合うのは……フム、岩波文庫でいちばん薄いやつ、堤《つつみ》中納言物語はどうだ」。「そうだ、あれなら間に合う、大丈夫だ」と周りからも言われ、「堤中納言……聞いたこともないな」。すると同級生の一人が言いました。「ボートレースのゴール前のスパートとおんなじだ、頑張ればきっと楽勝さ」――ということで卒論は「堤中納言物語の短篇小説性」。

それよりも、〝浅草大学〟にはほんとうにお世話になりました。漕ぎ手の仲間のなかにはまじめな奴がいて、とくに工学部や医学部の奴がそうなんですが、授業をスッポカしたくないといって六時に起きて早朝練習をやって朝飯を食って、毎日学校に出ていくんです。合宿所に残るのは法学部のトーガンと俺だけ。じゃあ、仕方がねえから出るかといって、昼近くになってのろのろと都電に乗って本郷へ向かうんだけど、なにしろ途中に浅草があるでしょう。誘惑は何ともとどめ難し、でね、トーガンにバイバイと言って、五回に二回は浅草で降りて、六区のストリップ小屋に〝授業〟を鞍替え、という次第でした。何しろ、時しも「国破れてハダカありき」で、ストリップ全盛時代なのがいけないんですよ。高原由紀、ハニー・ロイ、栗田照子、吾妻みどり……、ああ、なつかしいかぎりであります。

そんなこんなで、いとも恥ずかしきことながら、学問に関するかぎり誇れるところはまったくない。だけど、大学は学問の基礎を身につけるところ、真の学問は社会人になってから、と負け惜しみではなく考えていましたから、動じていませんでした。学ぶことに早いも遅いもなし。ましてやここで終わりというところなんかないんです。「大器晩成」を信じていたわけではないのですが――。

四、昭和史と出会った編集者時代

編集者時代、新聞に目を通す。

大学を卒業して、昭和二十八年（一九五三）春に文藝春秋に入社します。これまでは落第も浪人もなくすんなり、なんですが、入社までにちょっといろいろありました。

二十七年秋に企業の入社試験があったんですね。当時は協定もなく、各社が勝手にやってました。わがボート部のクルーは九月九日の全日本選手権に優勝したあと、いい気になって群馬県にある東大の谷川寮（群馬県谷川岳の麓にある温泉の出る寮で、のちに火事で燃えてしまいました）を借り切って三日間ぐらいどんちゃん騒ぎをしていた。そこへ先輩の岸道三《みちぞう》さん（一八九九―一九六二、のちに経済同友会代表幹事も務めた実業家）から名指しで電報が届いたんです。「いつまで遊んでるんだ、就職はどうするのか」と。

岸さんは、戦争中は近衛文麿の秘書官、戦後は道路公団の初代総裁をやった人で、すでに財界のかなりの顔ききでした。なにせ「一高を六年やった」というので有名でね、一年を二回つづけて落第すると退学になっちゃうんだけど、三年間を毎年一回ずつ落第して合計六年間在籍したんです。つまり旧制高校用語でいうと最高位の伯爵（落第数一回が男爵、二回が子爵）。旧制高校に六年間いれば友だちが山ほどできるわけ。それもたいへんな猛《も》者揃《さ》いで、のちに○○会社の社長だとか、総裁だとか、偉くなった人ばかり。これはどうでもいい話だけど、岸さんは小樽育ちで、隅田川の川下にまだクラゲがいた頃、白いのがぷかぷか浮いているのを見て「あ、てろれんだ」と叫んで以来、「てろれん」というあだ名で呼ばれていた。小樽じゃクラゲのことをそう言うのかな、ともかく「東大ボート部のてろれん」といえば有名なんだよ。

そうそう昭和二十八年三月というのは、旧制大学と新制大学の卒業生が一斉に社会に出たのを忘れちゃいけない。六・三・三制という余計な改正で、旧制高校が全部つぶされた。これからの日本のためにほんとうにアホーなことであったと思いますよ。旧制だと中学は五年で大学は三年（医学部は別）ですから、俺たち新制の一期生は一年上の旧制最後の人と一緒に卒業することになった。つまりこの年に限って、各大学とも卒業生がいつもの倍の人数だったから大就職難になったんですよ。あとで「花の二十八年組」とか言われたけれど、人材がわんさといたかわりに数が多い、それに朝鮮戦争が終わったもんだから、無茶苦茶な就職難でしたよ。ばかばか落っこっちゃった。それでも、工学部や法学部などのクルーは岸さんの伝手《つて》で日立製作所や八幡製鉄なんかに就職が決まっていました。早い話、俺だけが決まっていなかったんです。ボート部始まって以来の文学部出身の大チャン（優勝クルー）だったからねえ。でも仲間はだれ一人心配してくれなかったし、俺もまったく焦らず一緒になって飲んでいました。度胸があったのか、ぼーっとしていたのか。だれかが岸さんに言ったんでしょう、電報を見てアッと我に返りました。

慌てて東京に戻ったのですが、正直いうと、橋の技師を諦めてから、将来のことはあまり考えていませんでした。ちらっちらっと思っていたのは、新聞記者です。戦争中、新聞がいかにでたらめを書いて、煽りに煽って、そのために国民がいかにだまされ、戦争へ前のめりに進んでいったかを実際に見てきましたから。ジャーナリズムなんて言葉も知りませんが、新聞というのは大事なんだと殊勝にも思っていたんでしょう。記者になって二度とそういうことが起きないようにしてやろうという気持ちはいくらかあった——っていうと優等生みたいだけど（笑）。

文章を書いていたわけではありませんよ、ただボート部の練習日誌を九人が交替で書いていて、俺が書いた日誌は俄然、人気があったんです。だからけっこう文章がうまいのかな、なんて。そもそも練習の記録を残すもので、数字や横文字が出てくるから大学ノートに横書き。ひどいやつは「〇時出艇。例によって例の如し」とか、工学部のゴリなんて「昨日とまったく同じ。依然として調子悪し」それだけ、といった具合です。俺は横書きはきらいなんだけれど、それでもときどき隅田川両岸の風景を描写してみたり、「今日は都鳥が棒杭にとまって我々のボートを見ていた」なんてくだらねえことを書くと、みなが面白いと言ってくれた。新聞記者になろうという気を起こしたのも、日誌が褒められたことがあったからかなあ。だいたい俺が書くと断然、克明だし、感想が入るし、絵が入るし、長いんだよ（笑）。

さて東京に戻ってみると、朝日も読売も毎日も、新聞社はほとんど願書提出が締め切られていました。でも落ち着いていたのは、「もし就職できなかったら、落第してあと一年漕いでやろう、もういっぺん日本一になってやろうじゃないか」と正直、そっちへの思いのほうが強かったんです。

結局、残っていたのは東京新聞だけ。他社にもなんとか願書だけ受け付けてもらえないだろうかと頼んでみましたが、さすがの岸さんでもちょっと難しい。あとは文藝春秋という雑誌社が公募をしている、と知った。それで二つに願書を出したら、試験日が同じ日。あれにはまいったねぇ。どっちへ行ったらいいのやら。

当日、両方の願書を持って御茶ノ水の駅で降りて、さて、と大そう迷ったんです。で、試験会場を見ると、東京新聞は中央大学でどこにあるのか場所をよく知らない。いっぽう文藝春秋は勝手知ったる東京大学。時間はぎりぎり、それじゃあ、と文藝春秋を受けた。三人しかとらないのに受験番号が六百八十何番ですから、全員受けたかどうか知りませんが七百人ぐらいいたんじゃないかな（もちろん当時は男ばかりです）。試験はといえば、文学から社会から政治から外国からあらゆる知識を網羅しなきゃ答えられない五十題がずらり、ボートばかり漕いでいた男にそんな高等なものができるわけないじゃない。それでもお情けか、三十人のうち二十何番かで、なんとか第一次は通った。こうして、御茶ノ水の駅で運命は決まりました。中央大学の場所を知っていれば、東京新聞のほうを受けていたと思いますから。

次は面接というとき、岸さんが「高見順に頼んでやるよ」という。一高の六年間のうち、どこかで同級生だったらしい。じつは俺も以前、ボートが出てくる高見さんの小説が映画化されたときのロケで、本人に面識を得てはいたんです。でもあいにく、高見さんはノイローゼ気味で箱根仙石原《せんごくはら》で療養していました。そこで思い切って、住所も何も知らないから「箱根温泉仙郷楼《せんきょうろう》内」だけの宛名で「なんとか押し込んでほしい」と電報を打っちゃった。そうしたら高見さんに代わって奥さんが池島（信平）さん（戦後の文藝春秋創立者七人衆の一人で当時は専務）に、どうもこういう乱暴なやつが受けるのでよろしく、という

亡くなる直前の高見順夫妻とともに。若き日、出版社に就職できたのはご夫妻のおかげ。

ふうに伝えてくれたらしい。あとになって奥さんには「とにかく半藤クンは厚かましいなんてもんじゃない男なんだから」とさんざん言われました。

生涯の宝

第四次の最終面接のとき、「自分の欠点はなんだと思いますか」と聞かれたことを覚えています。答えたのは、「目標を定めるとそっちに向かって一直線に進んでいって、途中で考え直すということを知りません」。「猪突猛進ということかね」「猛進というより、猪突だけかもしれません」。ほかに、ボートを漕いで何がよかったかと聞かれ、いい友だちを得たこと、と答えました。学部も進む道も違う、利害損得関係のまったくない連中が、自分の言ったことをきちんと理解してくれ、こちらも相手の言ったことをきちんと理解する、だからといってベタベタすることはない。そういう意味ではじつにいい仲間で、生涯の宝ですと。こないだまで九人全員生きていたんだけどねえ——四人が逝っちゃいました。数年前まで先輩もまじえて年に一度は顔を揃えていたんです、上下関係もなくて、仲がよかったですよ。

どうも孤独で何かをやるより、チームでやることが好きのようですね。長岡中学のとき、一度水泳部に入ったことがあって、平泳ぎの選手として一万メートルを泳いでいると、これほど孤独なものはない。雪の中を歩いて心臓は強くなったし体力もつきましたが、水泳やマラソンみたいなひとり刻苦勉励して強くなろうとする個人競技はダメでね。仲間と賑やかに、一所懸命になってやるほうがいいんです。雑誌の編集部も仲間でしょう。

電報で受かったのを知ったとき、まだ秋だしボートへの気持ちが強かったせいか、それほど喜んだ記憶はありません。でもまあ、親父が大学一年のときに四十七歳で死んで、母親のこともありましたしね。親父が死んだときは、せっかく入ったばかりの大学をやめて運送業と石灰業を継ごうかとも思ったんですよ。でも母親が「やめる必要はない。仕事は私がやるから心配するな」と言ってくれた。ほとんど艇庫に住んでいた俺をよそに、母親はまだ中学にも入らない弟や妹たちを育てながら、郷里から親戚の青年を呼んで頑張って仕事をやりくりしていました。強い人でしたねえ。

どうもよくわからないんだけど、戦争中の疎開で母や弟たちと別れて住み、酒飲みの親父は毎晩いない、それに馴らされたせいなのかな。越後でも独りになったでしょう、みなでわいわいやるのが好きなくせに、ただ何となく家庭がきらいなんだね、一人で勝手にしていたいんです。くっつくのは嫌なんです。就職してからも、忙しいし、交通の便がよくないこともあって、一年もたたないうちに家を出て下宿しました。といっても、会社に行けば大勢いるから孤独好きというわけでもないのですが、長岡で奇妙に勉強に打ち込んだみたいに、一人でコツコツやることは決してきらいではない。これまでも調べるとか書く仕事は取材なんかに助手を使ったこともなく、ずっと一人でやってきました。なんだろうねえ、人に制約されたくない性分なのかな、寂しがりでもないから一人でもずっといられる。ようするに、ベタベタネチネチしているのは真っ平御免で、アッサリしているんです。少し洒落《しゃれ》ていえば、野暮は嫌い、常にイキでありたいんでしょう。根が淡白で、そもそもが頼られたり頼ったりの隣組は大嫌い。じつのところ、今も一人でものを書いていますけど、みなでわっしょいやる誘いがあればホイホイとね。

卒業するときに口頭試問がありました。久松潜一《ひさまつせんいち》、池田亀鑑《いけだきかん》、時枝誠記《ときえだもとき》、麻生磯次《あそういそじ》、吉田精一だったかな、当時の国文学の大家みたいなのがずらっと並んでいて、「新仮名遣いと旧仮名遣いとどちらが大事だと思いますか」「旧仮名遣いです」、そのわけもちゃんと述べることができた。そこまではよかったんだけど、「室町時代の日本独自の芸術は何ですか」「存じません」……全員呆れ返ってました（笑）。

久松先生が、「今たいへんな就職難ですが、どこか決まってますか」と聞くので、「はあ、幸い決まりましたので、卒業させて頂かないと困るんです……」「どちらにお決まりですか」「文藝春秋です」。これには教授が全員、ずいぶん驚かれたようです。他にも受けた人がいて、しかも俺より成績のはるかにいい奴がみな落っこちたらしい。「よくお入りになりましたね」「はあ、どういうわけかわかりませんが」「それじゃあ卒業したほうがいいですね」「もう、ぜひお願いいたします」「じゃあ、そうすることにしますか」というので、どうにか卒業させてくれました（笑）。いい加減といえばいい加減ですが、ほんとうに就職難の時代でしたから。昭和二十七年にやっと占領が終わって日本は独立したばかりでしょう。食えない時代でもありましたしね。ただし巷《ちまた》の企業が急速に成長していることは確かでした。

ボンクラの必要性

入社して周りを見ると、どう考えても変なやつばかりいる。三、四年たって、社長の佐木茂索《もさく》さんとエレベーターで二人きりになったとき、「高見さんにその後会ってるか」とか何とか声をかけられたので、いいチャンスと思って聞いてみたんです。「この会社はいったいどういう基準で社員を入れているんですか」と。「知りたいか、ならついてこい」と言われてのこのこ四階の社長室にいくと、

「採用の方針としては、一人は秀才、頭のいいやつを必ずとる、次に世の中の動きに強い興味をもっているジャーナリスティックな人、あとは必ず一人、もしかしたらいずれ花咲くかもしれないし、お荷物のままかもしれないような〝ボンクラ〟をとる」

という。そんなふうにバランスよく人材を揃えておかないと、秀才ばかりじゃ将来ろくな会社にならない。五人採用するなら秀才二人、ジャーナリスト二人、でも必ず一人はボンクラをとるのだと。なるほど、と思い、

「私はどれでしょう」

と聞いてみたら、

「ボンクラに決まってるじゃないか」

傷つきませんでしたよ、言われてみればその通りでしたから。それより納得したのは、二年や三年上の人を見て、ああ、あいつもボンクラ、あれも仲間だ、とちゃんと見当がつくんですよ（笑）。ただこの連中は社内の空気を和ませる人が多かった。パーティーのときに一所懸命に働くとか。かたや秀才は、俺のみるところ必ずしも有能とは限りませんでしたねえ。少なくとも佐佐木さんが生きているうちは、その方針を貫いたようです。それが文藝春秋のよき社風をつくったと思いますな。

それに幸運だったのは当時、一人ぐらい本チャンの運動部員を入れてみようじゃないかという空気があったらしい。実際に入れてみたら、ガタイのでかい奴が来ると思われていたのに、けっこうひょろりとしたのが来たんで「おまえ本当にスポーツ選手かよ」と言われましたけど。いや、裸になれば筋肉隆々で納得してもらえたはずです（笑）。それに酒が強かったし、腕っ節もかなりのものがありましたしね。「何をッ！」といって立ち上がると、みんな恐れをなしてか背中を向けましたから。

そもそも、出版社に入って将来何をやろう、何かになろうという気持ちは正直ありません、まして昭和史をやろうなんて考えたこともなかった。それ以前に編集者というのは何をやるのかと思ってました。もともと出世欲とか名誉欲とかに、およそ縁のない生まれでしたから。会社はその頃、ぐんぐん上り調子で、入社前には読んだこともない雑誌の部数は毎年十万部ずつ伸びていました。給料は八幡製鉄や日立に入社したクルー仲間なんかよりもちょっぴりよかったと記憶してますね。

指名された理由

ともかく右肩上がりの会社は忙しくて、人が足りない。それでまだ卒業前に、どうせ遊んでんだろうから三月一日から来い、という。ボートを漕いでいれば二月から向島で体づくりのマラソンがはじまりましたが、就職が決まったんで、じっさい遊んでいたには違いないんです。いよいよ「さらばボート部」というわけです。

出社初日、「別冊文藝春秋」の田川さんという編集長が、われわれ三人に机と椅子を与えて編集局長兼任の池島さんの前に座らせ電話番をさせたかと思うと、「オール讀物」の編集長が「ちょっと来い」。ついていくと、新人賞の応募原稿の分厚い束を渡されて「いいのを選べ」と命じる。変な話、ついこの間までボートを漕いでいた男が原稿用紙に手書きの

坂口安吾には歴史の面白さを植えつけられた。

文字を読んで、面白いか面白くないかなんてわかんないんですよ、それも一日めだよ。応募してきた人はかわいそうだったねえ（笑）。翌日もまたあれか、と思っていたら「原稿をとってこい」と使い走りです。漫画家の加藤芳郎さんの家に行きました。挿絵画家の岩田専太郎さんの家にも行きました。

　坂口安吾さん（一九〇六―五五）に会ったのは、一週間めぐらいのことだったと思います。同期入社三人のうち、「酒の強い奴はいるか」「ハイ、私は人一倍強いです」「それじゃお前に頼もう」と田川さんに命じられて、群馬県桐生市にあるお宅まで原稿をもらいに行ったんです。すると、できていないどころか「え？　別冊文藝春秋？　ああ、そういえば頼まれていたな」という調子です。まあおったまげてよ、「一枚も書いてないから一晩どこかに泊まって、明日の朝来てくれ」と言われても、往復の運賃はあっても旅館に泊まる金がない。「まだ入って一週間めの試用期間なんです。手ぶらで帰ったら入社取り消しになるかもしれません」と泣きつくと、奥さんの三千代さんが「うちに泊まってらっしゃいよ」と助けてくれました。「あなた、お酒は飲めるんでしょう」「はい」「だったら大丈夫」と。その夜から奥さんの手料理で酒盛りでした。

翌日、安吾さんは昼頃まで寝ている。原稿なんて一枚もできてない。昼間は二階にいて、俺に渡す原稿を書いている……ものとばかり思っていました。そのあいだ、やることがないから奥さんとヘボ碁を打ったり、貸してくれた『安吾捕物帖』を読んだりして、原稿ができないからまた泊まりです。夜になれば酒盛りでしょう、「何かできるか」と聞かれて、披露したのが例の浪花節や講談です。ドン、ドドドンと一打ち三流れの山鹿流の陣太鼓、たったたったたぁ〜っと俵星玄蕃《たわらぼしげんば》の一席なんかをやると、「お前、なかなかうまいな」って（笑）。

何日めか、安吾さんが「映画に行くか」と言う。当時の桐生には映画館が三つあって、ついていくうちに三館とも見ました。それでも「また行くか」と誘うので、「こないだ見ました」「見たっていいじゃないか」と。そうしたらまったく同じ場面で声を出して笑うんです、やっぱり変わってましたね。それでいて、夜は二階の書斎に行っているくせに原稿は一枚も書いていない。で、また一泊。かといって俺も、何日もそんなことをしていて「会社にどう言おう」とか「編集者は芸人じゃないんだから」とか、まったく考えなかったんだから偉いもんだよねえ（笑）。結局、六日間泊まったのかな。

歴史はなぜ面白いか

安吾さんはちょうど地方紙に「信長」の連載を書き終わったころで戦国時代をずいぶん勉強していましたから、信長や今川義元、桶狭間《おけはざま》の戦などの話をしてくれました。信長と家康の連合軍が武田勝頼の騎馬軍を破った長篠の戦の「鉄砲三段構え」は嘘だと言うので、「えぇーっ。先生、そんなのもう決まってる話じゃないんですか」「歴史ってものは伝説をほんとうらしく書くものであって、伝説は嘘なんだよ」と言う。

決定的だったのは、大化の改新の史料の読み方です。こっちも大学時代、いちおう卒論にするつもりで、合宿所の二階で寝ころびながら『日本書紀』を読んで少しは古代史を勉強していました。額田王《ぬかたのおおきみ》が都を大津へ移すときに詠んだ「三輪山を然《し》かも隠すか雲だにも」があるでしょう。遷都のたいへんさをうたった、という素直な解釈を、安吾さんは徹底的にぶっ壊す。「その当時の三輪山というのはな、蘇我《そが》氏が信じる仏教の聖なる山で……」とね。

　というのは序の口で、「天皇なんてのは政治的な都合で表に出たり引っ込んだりするものであって、絶対的な存在ではなかった」「当時に天皇という称号があったかどうだか」と言うじゃない。今ではそれほど驚かない話でも、当時はついこないだまで現人神《あらひとがみ》だったんですよ、それが古代ではまだそんないい加減な存在だったと言われて、目から鱗が落ちたというか、卒論で自分がやろうとしていたような歴史とはまったく次元が違う。そもそも古代史の史料は『古事記』と『日本書紀』と『万葉集』ぐらいしかないと思っていたのが間違いで、それらは天武天皇や持統天皇が自分たちが革命で天下を取ったことを示すため、つまり自分たちの天下取りを正当化するために作られた文献だと見れば、それのみを信じるのは歴史の見方をあやまることになると。「そも、『万葉集』に寺や塔の歌のないのはどうしてか、考えたことあるか」とかね。

　しまいに安吾さんは岩波文庫の『上宮《じょうぐう》聖徳《しょうとく》法王帝説《ほうおうていせつ》』（八世紀はじめ頃に書かれたとみられる最古の聖徳太子伝）をもってきて、西暦六四三年、蘇我入鹿《いるか》が聖徳太子の子である山背大兄王《やましろのおおえのおう》とその一族を殺害したという部分を見せる。

「飛鳥天皇御世、癸卯年十月十四日に、蘇我豊浦毛人大臣の児・入鹿臣□□林太郎。伊加

留加宮にいましし山代大兄及び昆弟等、合せて十五王子ことごとく滅ぼす也」

そして大化の改新のところでは、

「□□□天皇御世、乙巳年六月十一日に、近江天皇、林太郎□□を殺し、明日を以て其の父豊浦大臣子孫を皆滅ぼす」

そして、□□の部分に何が入るかわかるか、と聞く。わかりませんと答えると、これは意図的な欠字であって、「天皇」あるいは「大王」が入っていたとする、そして□□□は「林太郎」だったとすると——林太郎というのは蘇我入鹿のことですから……エッ、蘇我天皇!?

「つねに〝正史〟といわれる以外の文献がどこかにあるんじゃないかと想像をめぐらしてみることだ。『上宮~』のようなものも粗末にしないで少し丁寧に見ていると、『日本書紀』とは違うぞ、なにかおかしいな、と感じるところが出てくる」。そういうときはどうするか、「なんでもないんだ、両方を見比べて、ごくごく常識的に判断すればいい。つまり最初からこっちが正史と決めてかかることがいけないんだ」と。

大学を出たばかりの新人相手に安吾さんは、「こんなことも知らないのか」「教えてやるぞ」という態度が少しもない。対等に、淡々と話してくれたおかげか、はぁー、そういう見方をするとなるほど納得がいくなあと。ウム、歴史というのは面白いもんだ、知っているると早合点するのは間違いだ、と棍棒《こんぼう》で打たれたような衝撃を受けたんです。

でも、そこからすぐに昭和史ってわけじゃありませんよ。ただ今まで歴史といえば年号や人物名でしたが、そういうのはどうでもよくて、時代の大きな流れをつかみとることが大事であり、そのためには、もっといろいろな文献を読んで知識をめいっぱい詰め込んで、そのうえで何が正しい筋道なのか、いちばん自然な時代の流れとはどういうものかを自分の頭で常識的に判断しなければいかん、ということを教わった。安吾さんは「これが俺の探偵術だ」「俺はいってみれば推理小説の探偵になぞらえて歴史探偵なんだな」と言った。そこで安吾さんに無断で、のちに弟子を自称して「歴史探偵」を名乗ることにしたんです。

安吾さんはその二年後に亡くなってしまいました。お葬式には行けませんでしたが、お目にかかった年の夏に長男の綱男くんが誕生し、お祝いに毛糸の束を贈ったときに書いた手紙を奥さんがとっておいたようです。今は綱男くんが持っていて、みっともないから返してくれと言ったら嫌だと言って、コピーしたものを送ってくれましたけどね。

安吾さんとの出会いは、歴史の面白さを教えてくれたという点で非常に大きかった。とにかく一週間も毎晩、徹底的にしごかれたんですから。ただし、まだ本調子ではなくて、

会社が銀座にあった頃、屋上でポーズをとる。

昭和史に本格的に首を突っ込んでいくのは、やはり伊藤正徳さん（一八八九―一九六二）に会ってからということになります。

人に会い、話を聞く

四月一日から正式に入社して、九月になると出版部に配属されました。そのとき当時の大ベストセラー『連合艦隊の最後』を書いた伊藤さんに会っているのですが、翌年三月には「文藝春秋」編集部に異動してしまいます。そこでしばらくいて、昭和三十一年にまた出版部に戻ってから伊藤さんの担当になった。『大海軍を想う』を執筆中でした。そこで本格的に昭和史関係の取材を始めたんです。

でも調べてみると、どうもそのちょっと前から、太平洋戦争関係の取材をしている。つまり昭和史に興味をもちだしていたらしい。よく覚えていないんだけれど、「話を聞いて来い」と言われて単に仕事としてやっていたんでしょうかね。「文藝春秋」編集部の二年間、いろいろな昭和史関係の人に話を聞いてまとめた記事を、ご当人にきちんと見てもらい、その人の署名で載せているんです。「ものを書ける人は千人いるかいないかだ。すぐに尽きる。書けないけど面白い体験をした人、話をもっている人はゴマンといる。その人たちの話を聞いて来い。無尽蔵に雑誌はできる」という「文藝春秋」の方針にのっとってやった仕事です。今回数えてみたら、今でいう「聞き書き」を本誌の編集部員時代に計八十八本も書いているんです。自分でも驚いたくらい、「聞き書き」をやってました。なかに太平洋戦争や昭和史関連の記事がずいぶんあります。おもなものだけを拾い上げてみると、

＊「文藝春秋」に執筆したおもな聞き書き記事

【昭和史・太平洋戦争】

私が張作霖を殺した！　河本大作（昭和29年12月）

「兵隊製造人」の手記　神戸達雄（昭和30年2月）

細菌戦は準備されていた　秋山浩（昭和30年8月）

戦艦「大和」いまだ沈まず　福田啓二（昭和30年11月）

巣鴨プリズン報告書　川上悍（昭和30年12月）

——※以下は後年——

悲劇・真珠湾攻撃　源田実（昭和37年12月）

秘録「東条事件」　香取史郎（昭和38年2月）

偽名戦士の墓　斎藤静八郎（昭和38年3月）

〈日本のいちばん長い日〉大座談会（昭和38年8月）

秘録・北満永久要塞　岡崎哲夫（昭和38年12月）

【社会・文化など】

遂に天龍川は流れを変えた　永田年（昭和30年6月）

天使の船「興安丸」物語　玉有勇（昭和30年7月）

バタバタ暮しのアロハ社長　本田宗一郎（昭和30年10月）

——※以下は後年——

私は隠居ではない　吉田茂（昭和37年2月）
わたしの放浪記　森光子（昭和37年2月）
山本富士子の愛と真実　古賀政男（昭和37年3月）
靖国神社の緑の隊長　ワタナベ正美（昭和37年9月）
私がマリリン・モンローを解剖した　野口富恆（トーマス野口）（昭和37年10月）
孤独のマウンド十三年　金田正一（昭和37年11月）
これがドゴール大統領だ　特集記事（昭和38年4月）
フルシチョフの胸の底には　編集部（昭和39年1月）
戦後の道は遠かった　東条勝子（昭和39年6月）
死について語る楽しみ　高見順（昭和39年7月）

本田宗一郎さんは本田モータースの社長、永田年さんは静岡県の佐久間ダム（戦後建設された最初の大型発電用ダム、昭和三十一年完成）をつくった人で、玉有勇さんは大陸からの引揚げ船「興安丸」の船長です。「兵隊製造人」の神戸達雄さんは赤紙を発令させた人で、どんなふうにして赤紙がつくられたのかという、非常に珍しい記事だったと思う。のちに『「文藝春秋」にみる昭和史』（後出）に載せようとしたら断られました。記事が出たときいろいろと言われたのかもしれないね。細菌特殊部隊七三一に所属していた人、戦艦大和の設計者、巣鴨プリズンの所長さん……当時、論説ふうの偉そうな記事は「中央公論」と「改造」に任せて、われわれはむしろ巷の面白い話、大衆が知りたい話に力を入れ、いわゆる〝B面〟の話題で部数を伸ばしていった。それでも自ずと二・二六事件だの、歴史ものもちょこちょこ入るわけで、太平洋戦争や昭和史を勉強しようなんて思わず、あらゆる分野を取材したんですね。今みたいに録音機もないからぜんぶメモをとって記事にしたから、二十代前半のこの二年でずいぶん鍛えられたんじゃないか。

そういう仕事が面白いと思っていた記憶はないんだけど、人に会い、話を聞いたりすることはまったく嫌じゃなかった。そういえば「もはや戦後ではない」という、一九五六年度の「経済白書」の序文に書かれた有名な一節があるでしょう（戦後復興の終了を宣言した象徴的な言葉として流行語にもなった。白書の執筆責任者は後藤誉之助）。あれは英文学者の中野好夫さんのところに行って、別にそう書いてくれと頼んだわけじゃないけれど、話をしているうちに「中野先生はこの頃の世の中をどうみていますか」「そうだなあ、もうそろそろ日本人は戦後から離れなきゃいけないな」「敗戦から十年たちましたからね」「独立してからは三年少しだけれど、いつまでも占領されている意識はないほうがいいんじゃないか」なんて言うので、その話、面白いから書いてくれませんか、とお願いした。で、中野さんが書いてきた原稿が、「もはや『戦後』ではない」と題されて「文藝春秋」二月号に載ったんです。中野さんは経済ではなくて精神や気分について書いたのですが、それをその年の秋になって「経済白書」が使ったから有名になっちゃった。あの頃、編集者は電話とかで済ませないで直接会いに行って四方山《よもやま》話をしていたから、言葉のキャッチボールをしているあいだに、「ああ、それいいですよ」とアイデアやコピーが出てくるということはよくありましたね。

岩波新書の『昭和史』（遠山茂樹・今井清一・藤原彰共著、一九五五年刊）をめぐって巻き起こった昭和史論争（同書について「人間が描かれていない、動揺した国民層の姿が見当たらない」と亀井勝一郎が批判したのを発端に、井上清、江口朴郎らが反論。亀井には松田道雄、山室静、竹山道雄らが同調した）も、もともとは亀井勝一郎のところへ行って俺がいろんな話をしているとき、あの本をどう思うかと聞かれて、安吾さん直伝で「歴史はあんなふうに文献やかたちで、ましてや主義主張ではないんじゃないですか」と答えたら、「あの本には人間が描かれていない。血が通っていない。そこがいちばんの欠点なんだ」と声調を高めて

作家たちに同行した北海道の講演旅行で。右から田村泰次郎、井上靖、今日出海、河盛好蔵、漫画家の那須良輔、著者。

言われるので、それだ！　それを書いてくださいと、昭和三十一年三月号に「現代歴史家への疑問」という題で載った——俺のつけたタイトルはよくなかったね——それが話題になって大論争に発展したんだけど、舞台はいつのまにか「中央公論」に移ってんだよ（笑）。そして昭和史論争として戦後の論壇の一ページを飾った。「文藝春秋」は見事にトンビに油揚をさらわれちゃったんです。まあ、そのあと歴史がイデオロギーで語られなくなったことは功績と言えるんじゃないでしょうか。

苦手な人もいなかったし、のちにつきあった松本清張さんや司馬遼太郎さんみたいに、タイプがぜんぜん違った人ともわりに気が合いました。小泉信三さんに言わせれば、「お前は船頭育ちだからだ」。ようするにどんな人でも、乗ってくる相手に合わせて舵をとれるということでしょうか――その意味では、人間がやはり水みたいなのかもしれません、やわらかくて自在にかたちを変えられる。それにしてもボートの大選手（？）を「船頭だ」なんて、いま考えるとひどい言い方ですな（笑）。

昭和史にのめりこんだとき

ともかく昭和三十一年の春、出版部に戻って伊藤正徳さんの担当になりました。伊藤さんは元時事新報の海軍記者で、ワシントン軍縮会議の五・五・三の比率をスクープした人です。さっき言ったように『連合艦隊の最後』が文藝春秋から出て大ベストセラーになっていました。でもその間に時事新報がつぶれて産経新聞に吸収されてしまい、論説主幹になっていたのかな、産経新聞で始めていた連載「大海軍を想う」をいずれ本にまとめさせてほしいというお願いで会いに行ったんです。ところが伊藤さんは産経では外様《とざま》だから、ついている下っ端《ぱ》がいねえんだよ。もう相当な歳だから取材から何から一人でやるわけにもいかない。そのとき俺は、これまでやってきた仕事の話をしたんでしょうねえ、戦艦大和を取材した話もしたかもしれない。「君はひまがあるかね」と聞かれて、まだ出版部に来たばかりだから、とりあえずそう忙しくもありません。「じゃあ手伝ってくれるか」と言う。伊藤さんは、古くは加藤友三郎や、もちろん山本五十六《いそろく》にも会っていて、そんな人たちの話もしてくれました。

のちに聞いたことですが、「昭和八年に日本が国際連盟から脱退するとき、私は時事新報の論説委員をしていて、脱退には反対していたんです。つまり連盟のなかにあって日本の苦しい立場を各国に説くべきであり、外に出てしまえばおしまいだからと頑張ったんだけど、朝日も毎日も読売も時事も、三十数社が集まって脱退賛成の声明を出してしまった」と。当時、穏健派の斎藤内閣は脱退に消極的でその方向に進もうという空気があったのに、外務大臣や陸軍大臣は強硬で、新聞各社はその後押しをしたようなかたちになった。世論もそれに煽られて、脱退せよの大合唱。それで結局、斎藤内閣は脱退を決めた。賛成した時事新報のなかでも一人で反対を訴えていた伊藤さんは、「あの時、あくまで主張しつづけるべきだった、なのに国の決めたことだと筆を折ってしまった。あれが私の新聞記者としての、物書きとしての痛恨事で、ああいうことを二度と繰り返したくないから昭和史をやりつづけている」と話された。非常に真面目でいい方でした。そういう人柄に惹かれたこともあって、「大海軍を想う」の手伝いをやらせてもらうことにしたんです。会社もしぶしぶながら、出版部の仕事もちゃんとするということでOKしてくれました。そうして昭和史に本気になって首を突っ込んだのです――三十一年夏のことでした。

その後は、伊藤さんが書いた添え状や名刺を持って、まだ大勢が生きていた海軍の提督や参謀やらに次から次へと会いに行きました。ほとんど断られることもなく、かなりの人に会えました。話を聞き、メモを取材レポートにして伊藤さんに渡すと「ありがとう、使えるよ」とねぎらってくれるときもあれば、「これはダメだよ、この人は一つもほんとうのことを喋ってない」と言われることもあった。なぜならこのときはこの地位にこの人はいなかったはずで、いたような顔をして喋っているだけだ、と。そこで初めてわかったんです。取材するというのは、ただ話を聞いてくれればいいんじゃない。ある程度、勉強していないと、嘘をつかれても信じてしまうことになると。

それからは、空母赤城の飛行総隊長として真珠湾攻撃を指揮した淵田美津雄さん、山本五十六の将棋の相手だった渡辺安次さん、真珠湾攻撃やミッドウェイで戦って生き残った零戦乗りの藤田怡与蔵《いよぞう》さん、ミッドウェイ海戦での潜水艦艦長で米空母ヨークタウンを撃沈した田辺弥八さん、真珠湾攻撃のときに特殊潜航艇で敵の捕虜になって一人だけ戻ってきた酒巻和男さん……もうほとんど死んじゃいましたけど、もちろん勉強してから会いに行きました。大将から少尉クラスまで、陸海軍人たち八百人以上と会いましたかね。そのときもらった名刺の束は私の宝です。

会社では丹羽文雄さんの書き下ろし小説だとか、尾崎士郎さんの『早稲田大学』とか、編集者としてずいぶん本を作りましたよ。だから土曜や日曜を伊藤さんの仕事にあてていたのかな、でもとりたてて苦労した覚えはありません。ボートのおかげで体力はあったし、もう昭和史を読むことが趣味みたいになっていたところもありました。いっぽうで麻雀、花かるた、将棋、囲碁などにも励んでいて、なにしろ家に帰るのが遅かった。ちょうど昭和三十一年に結婚して翌年に娘も生まれたのですが、まったく家庭を顧みなくて、四年ぐらいで逃げられちゃった。ある朝、起きたら娘を置いていなくなってました。まあ仕方なかったんでしょうねえ、あれだけ仕事をして、毎晩酒を呑み、さんざん遊んでいましたから。昭和三十四年には「週刊文春」が創刊され、そっちへ移っていました。そしていっそう夜が遅くなった。申し訳ないことでした。

処女作は『人物太平洋戦争』

私が最初に出した本は、『人物太平洋戦争』（週刊文春編、一九六一年）です。伊藤さんを通して昭和史を勉強することを覚えて以来、俺ははまってしまっていて、陸海軍のことにやたら詳しいと思われたんでしょう、「週刊文春」で太平洋戦争に関する連載をやれと言われ、昭和三十五年一月から始めました。週刊誌連載ですから文字どおり東奔西走しましたね。当時は取材するときに、絞りだのシャッター速度だの写真部で十分に教わって馴れないカメラを持っていって、自分で撮った写真が週刊誌に載ったんです。最後の連合艦隊司令長官小沢治三郎、真珠湾攻撃に参加した機動部隊参謀長の草鹿龍之介、ガダルカナルでの勇将田中頼三《らいぞう》、ラバウルで指揮をとった陸軍大将今村均さんは謹慎部屋にいるところで（戦後、自主的にマヌス島刑務所で服役し、刑期を終えて帰国後は東京の自宅の一隅に謹慎小屋を建てて自らを幽閉した）、なかなか珍しい写真ですよ。インパール作戦の指揮官、宮崎繁三郎《しげさぶろう》中将もいます。

俺が撮ったんじゃないけど、伊藤さんと、レイテ沖海戦の指揮官栗田健男《たけお》、早稲田出身の野球選手飛田《とびた》穂洲《すいしゅう》が一緒に写ってる「同級生交歓」の写真があります。この晩、小泉信三さんも加わって伊藤さんの家に集まり、そこで栗田さんに取材したんです。お座敷てんぷらをご馳走になりながら、「レイテ沖でなぜ〝謎の反転〟をしたんですか。突っ込むのをやめて去ったんですか。提督はあのときどういうお考えでしたか」と聞くと、栗田さ

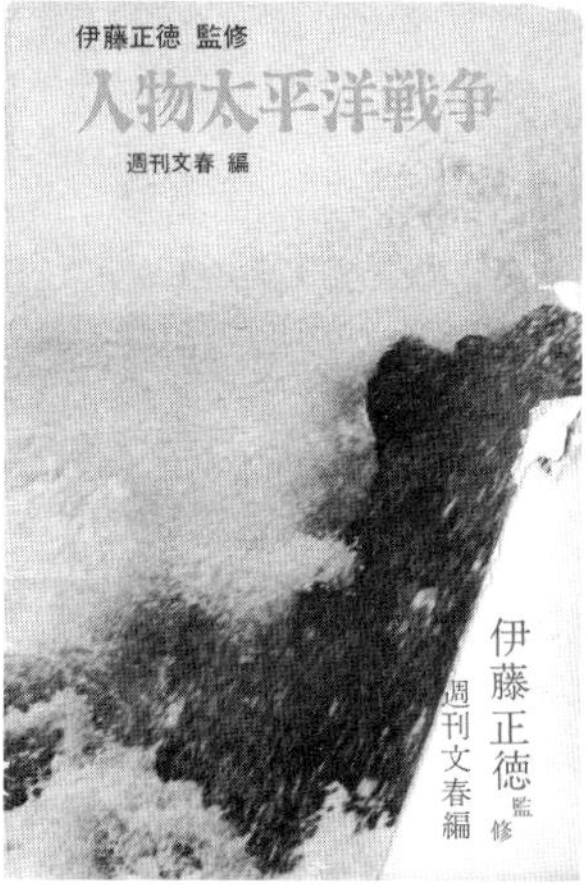

『人物太平洋戦争』には自ら撮影した写真が数々掲載されている。ラバウルで指揮をとった陸軍大将今村均は「謹慎部屋」で撮影した貴重な1枚。

思い出の処女作『人物太平洋戦争』。

伊藤正徳（中央）には、歴史の生き証人から話を聞く極意を仕込まれた。右は飛田穂洲、左は栗田健男。

んは黙っている。小泉さんが「栗田くん、もういいんじゃないか。そろそろ本当のことを言っても」と促すと、伊藤さんが「本人の口からは言えないんだろうから、ぼくが栗田くんから聞いた話をすると、彼は疲れ切っていたんだ。そういうことしか、この人は言わないんだよ」と。

栗田さんははじめ重巡洋艦愛宕《あたご》に乗っていました。第二艦隊は、伝統的に旗艦が巡洋艦なんです。だから大和、武蔵ではなく愛宕に乗っていた。その巡洋艦が魚雷でうんと早めに沈んでしまったんです。だから長官も小柳富次参謀長も、重油の海を泳いでいる。いっぺんそういう辛い思いをしたうえで旗艦を大和に乗りかえて最後に「レイテ湾に突っ込め」と言われても、「四日間もロクに眠っていなくては、人間、無理なんだよ。まさに疲れ切っていたんだね」。これは直接でなく、伊藤さんから聞いた話だから書かなかったと思うけれど、のちに『レイテ沖海戦』を書くことにつながったと言えますね。その後も栗田さんはついに無言を通しました。

軍人だけじゃありません。ご主人が南太平洋海戦で亡くなってその弟に嫁ぎ、彼も零戦乗りで戦死したといわれたので、その下の弟に嫁いだ、そこに戦死したといわれた人がひょっこり帰ってきた、という奥さんにも話を聞いて、お子さんと一緒の写真も載っていま

戦争の悲劇を被った母子には無理をお願いして撮らせてもらった。

す。いやだいやだと言われながらも撮らせてもらったんです。酷《こく》なことでした。

週刊誌というのは真ん中の折《おり》から作っていって、そのあとだんだん外側の折を作っていく。この連載「人物太平洋戦争」は真ん中の折なんです。だから締切が早い。それを終えて「じゃあ」と帰ろうとすると、少し待機してろと命じられて、まだ決まっていない外側の特集記事を書けと言われる。取材班はすでに動いているから、と。俺の仕事は終わったんだけど、と言うわけにもいきません、結局は週刊誌で記事をちょいちょい二本も書いたりしていました。非常に便利に使われたんですが、とりたてて文句を言わずにやっていたから、会社にとってはいい社員だったんじゃないでしょうか。そして連載のほうは二十六回やったところで、また「文藝春秋」に異動です。そしてふたたび「聞き書き」がはじまります。そのときに、『人物太平洋戦争』が本にまとめられて世に出せた。伊藤さんの名前を監修に借りて、まえがきも書いてもらいました。これが俺にとっちゃ最高にいい文章でね。

「通俗には、この種の読み物は、大将や提督を扱うのが多く、下級将校の真の働きは隠れて了《しま》うものだ。それを、底辺からも真人物を求めて描き出した所に特色と価値とを認める。それは、同じ年輩で戦場に散った人々への間接の供養にもなろう。監修の責任者ではあるが、敢《あえ》て此書を歓送する気持に駆られてこの短文を贈るものである」

この翌年、伊藤さんは喉頭がんで亡くなられたんです。すでに具合が悪かったからでしょう、「君はいい仕事をしたね。もったいないからこのまま研究をつづけなさい。あの戦争をよく知らずにいたら、日本人はまた同じ間違いを犯しかねないから」と、ほとんど出ない声をふりしぼって、遺言のように言ってくれました。これは私には非常に強く胸に響きました。ようし、こうなったら昭和史を死ぬまで離さないぞ、と大袈裟でなく思いました。

その頃、つまり昭和三十年代の半ば頃、昭和史なんて真剣に考えていた人はいません、ましてや戦争を無我夢中で研究しているバカなやつはいなかったんです。でも生き証人はまだいっぱいいる、だからほんとうにもったいないんですよ。自分で言うのもなんだけど、いいときに、いい機会をもらっちゃったんだね。これはやらないわけにはいかない。「あいつは半藤ではなくて反動なんだ」とさげすむ人もいましたが、「何いってやがる」と吹きとばしましてね。運命と言われれば運命だったかもしれません。

寝ながら書いたケネディ暗殺記事

昭和三十七年に「文藝春秋」編集部に戻って、またもやさまざまな取材をし、記事にしていました。

忘れられないのは、翌三十八年十一月にケネディが暗殺された、ちょうどそのときなんですが、ぎっくり腰で動けなかったんですよ。富ヶ谷（渋谷区）のアパートに一人で住んでいたところに会社から電報が来て、すぐに出社して記事を書け、車を差し向けた、とある。正直、起きられないからダメだ、と断りたかったけれど、車が来ちゃったから仕方ない。「お前、ずっと新聞の切り抜きをスクラップにしていただろう、キューバ危機を中心に、フルシチョフとケネディが和解した際、どういうつもりでフルシチョフは和解したのか、ケネディが殺されたことをどう思っているのか、作り物でいいからともかく一本仕上げろ」というわけです。

腰が痛くてしょうがないのに凸版印刷に連れて行かれ、畳の部屋に布団を敷いてもらって、それこそスクラップ・ブックの世界じゅうのいろいろな論説や記事を編集して、ウンウン唸りながら（腰が痛いのを我慢しながら、という意味ですよ）書いていきました。原稿が二枚ぐらい書けるたびに担当のやつが取りにきて印刷に回して、結局は三十枚以上になった。これはまあ、我ながらよくできた傑作だったと思いますよ。……いや、今読むとはたしてどうかな。

『日本のいちばん長い日』

その頃になると、のちに社長になった安藤満くんなんかが熱心になって、十人ぐらいで社内に「太平洋戦争を勉強する会」をつくっていました。阿部さんという部長に名前だけ借りて会長になってもらって会社に認めさせましてね、五万円ぐらいの補助が出たんです。このお金で多くの元参謀や部隊長を社にお呼びして話を聞くことができました。

東京オリンピックが二年後に迫った昭和三十七年、過去にオリンピックで活躍した日本人を集めるという大座談会を発案し、「文藝春秋」七月号に載りました。じつを言うとこれはまことに上手なこしらえもので、大会ごとに分けて出場選手を集め、八回ぐらいやった座談会をさも全員が一堂に会したようにうまく編集すれば、なんとか格好がつくだろう、ってね。いやあ、うまくいきまして、堂々たる大座談会になった。

これが成功したので、翌年に第二弾をやることになった。そのとき八月号だからというので思いついた企画が、日本はどのように戦争を終結したのか、（ポツダム宣言が日本に届いた）昭和二十年七月二十七日から八月十五日にかけての終戦の流れについて当事者約三十人が語る――という大座談会です。こんどは正真正銘、いっぺんに集めることにしたものの、編集部に反対の声がずいぶんあがりました。大勢集まれば、あっちで私語、こっちで私語が始まって収拾がつかない、まとまった話なんか成立しない、うまくいくはずがないと反対の声も上がったが、やってみなきゃわからないと無理に決行したんです。築地「なだ万」の大広間を借りて、午後三時から、終わるまで飯はお預けということにして。

呼び掛けた人たちのうち、宮城で反乱を起こした近衛第二連隊の元大隊長の二人には断られましたが、それ以外はほぼ全員が参加してくれました。来るはずだった吉田茂は来られなくなって誌上参加、さらに終戦当時の警視総監だった北海道知事（当時）の町村金五さんが議会で問題が起きて、これも誌上参加となりました。だから三十人の予定が二十八人。蓋を開けてみると、これこそ案に相違、ひょうたんから駒、みんな真剣に人の話を聴いているんです。私語なんかどこにもない。当事者がこれほど黙って耳を傾けているということは、この人たちも日本がどうやって戦争を終えることができたのか、ほとんど知らない、部署部署の狭いことしか知らない、そして知りたいことなんだと気づきました。それなら戦争がどうやって終わったのか、このことをもっと徹底的に取材して、ぜひいっぺんきちんとやっておく必要があると思ったんです。座談会は雑誌のページ数もあって、かなりカットしちゃうじゃないですか。惜しい話も捨てざるを得ない。でも実際問題として、これはしっかりまとめておいたほうがいいと。

「太平洋戦争を勉強する会」に持ち込んだら、よしやろうということになった。手分けをすることになったものの、いざとなるとみんな忙しいからよ、結局は安藤満くんと、もう一人、竹中已之くんが宮内庁関係を手伝ってくれて、あとの陸軍すべてとNHKと宮内庁侍従なんかは俺が獅子奮迅で取材しました。「知りたい」ということが原動力だったんでしょうねえ。それに、伊藤さ

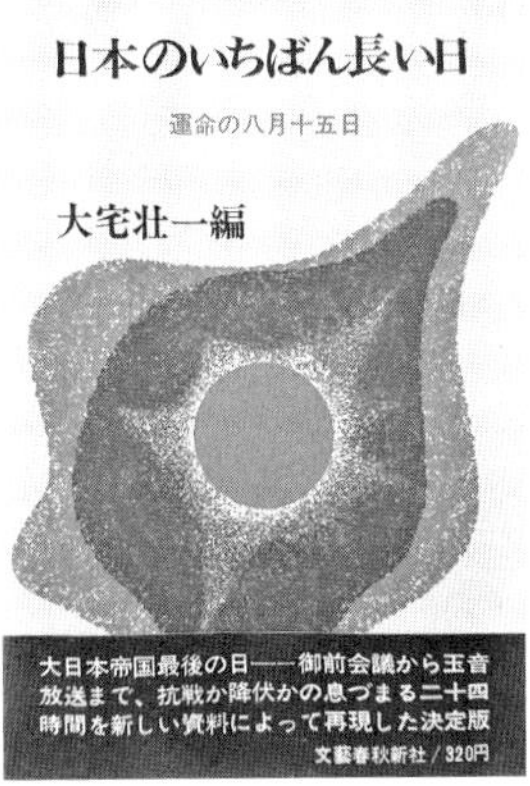

『日本のいちばん長い日』の初版（1965年）は「大宅壮一編」で世に出た。

んの「あの戦争をよく知らずにいたら、日本人はまた同じ間違いを犯しかねない」という言葉が常に頭にありましたから。ただ、事実として取材した話をきちんと残しておけば将来役に立つと思っただけで、はじめは本にするつもりはなかったんです。

印税はゼロ

取材を進めて三十九年の冬に入った頃、出版局長の上林《かんばやし》吾郎さんが、その件で問い合わせの電話があったと言ってきたんです。呼び出されて、「おまえたち、へんなことをやっているそうじゃないか。あれは本にして出すのかと聞いてきた人がいる」「そんなつもりはありませんが、やっていることはやってます」というわけで、べつに内緒にしていたわけではありませんが、会社に知られることになった。見せろというので、まとめて二章分ぐらいを持っていくと「よし、これはうちで出す」、それも来年がちょうど戦後二十年にあたる、それも八月じゃ遅いから来年の七月に出す、五月までには書き上げろというんです。そんな無茶な……そのとき俺は「文藝春秋」のデスクをやってたんですよ（笑）。あとでわかったのは、どうものちの侍従長の入江相政《すけまさ》さんが電話したんですね、上林さんの知り合いでしたから。

それでまあ、ひどい目に遭いましたよ。とにかくノンフィクションとしてまとめなければならない。会社の仕事も忙しいし、それで間に合わせるためには毎朝四時に起きて、朝めし前に十枚ずつ書いて、会社に行ってまだ入社したばかりだった担当の雨宮秀樹さんに渡すことになりました。「ありがとうございます」と恭《うやうや》しく受け取ってましたけどね。それで五月末までになんとか書き上げました。そのかんも、「文藝春秋」のほうの仕事はちゃんとやっていたんですよ。夜も遅くまで。そりゃ酒のために、のときもありましたが(笑)。

いよいよ本になるというとき、印税の問題が出ました。京都人の上林さんが、「お前たち、これを取材するのに会社の名前を使ったろう」「使いました」「会社の電話や原稿用紙を使ったろう」「使いました」「便箋も封筒も切手も使ったな」「ハイ」「ということは、これは会社の仕事だな」……そういうつもりじゃなかったんだけどなあ。「じゃあ会社の仕事と認めてやる、そのかわり印税はなしだ」とくるわけです。

さらに、「太平洋戦争を勉強する会」の名前じゃあ売れない、半藤の名前じゃなおさら売れない、大宅壮一さんのところへ、編者として名前を貸して下さいとお願いに行け、というんです。社命だぞ、とね。それでご自宅にお願いに行きました。旧知の大宅さんはちっとも読まないうちに「いいよ」と快諾してくれ、その場で序文としてすらすらと喋ってもらったのを原稿に起こし、掲載しました。後日、大宅さんには御礼として五万円を持っていったのを憶えています。

さあ、これが本になると、二十万部くらい売れたでしょうか、会社はぼろもうけですよ。おまけに文士劇になり、それも当たったから新国劇が芝居化した。いくら何でも可哀想だと思ったのでしょう、劇化と映画化権は私たちにくれることになりまして、東宝が映画化したときは八十万円。これでも通常の相場では安かったそうですが、大ヒットして追加で四十万円持ってきました。とにかく百二十万円という高額の原作料をもらい、こりゃ印税よりよかったか、とすぐに考え方が変わりました。「太平洋戦争を勉強する会」で銀行口座をつくったのですが、ちょいちょい宴会をやって使っちゃったり、会計係のところに借りに来た会員もずいぶんいて、ほとんど返ってこなかったらしい。十年もたたず会が解散したとき、それでも六十万円ぐらい残っていたと思いますよ。日本赤十字かどこかに寄付したと記憶しています。

『日本のいちばん長い日』が出た昭和四十年、阿川弘之さんの『山本五十六』も出ました。これをいい本だと認めたのは大宅壮一と小泉信三ぐらいで、文壇は総スカンでした。純文学で軍人を書くとはどういうことだ、反動だ、と言わんばかりに。軍人ものや戦争ものは雑誌ネタとしては人気があった半面、文学では認められてなかった。まだそんな時代だったんですよ。

話題にはなったものの、『日本のいちばん長い日』を書いてとりたてて得たものはありません。書き上げた達成感はありましたが、人生に影響したとは思わないし、物書きになろうという気も起こさなかった。ただ、これを書いたことで、少しは社外の人に筆者として知られるようになったんです。雑誌「プレジデント」の編集長が戦史に非常に興味をもっていて、やたらと原稿を依頼してきました。「よし、承知した」とすぐに応じましたが、会社からは何も言われなかったですね。考えてみると、二足のワラジをはいているようなもんですが、よく黙って許してくれていました。ただ、あるとき池島さんが「あれ読んだよ。君は天皇陛下がきらいなんだね」と声をかけてきました。あとで考えが変わったのですが、あの頃は天皇に戦争責任があると考えていましたから。だからどうってことはないのですが、もう一人、俺を安吾さんのところへやった田川さんが、「おい、読んだぞ。なかなかよかったけれど、いいか、会社の名を汚すようなことを書いたら黙っていないぞ」と釘を刺しました。逆に、そうでなければどんどん書けばいいということです。直接、何かを言われたのはその二人だけでした。ただ毎日の出退勤時刻をチェックするとか微妙な手口で、後ろから足を引っ張るやつがいたことは確かです（笑）。

そうそう、いまのカミさん（末利子夫人）と結婚したのは『日本のいちばん長い日』を書き終えた年だったと思います。じつは、長岡中学時代の同級生の妹でしてね。彼女が小学校五年生のころ、家に遊びにいって知っていたんです。目のくりくりとした気の強そうな子でした。もうそのときに見初《みそ》めて将来の、なんてわけではなかったのですが。合縁奇《あいえんき》縁《えん》という言葉があるでしょう、まさにそういったところです。彼女も東京生まれの疎開ッ子です。そうですね、『日本のいちばん長い日』を書いて得た最高のご褒美は、といえば、あるいは彼女と一緒になれたこと、でしょうか。

名デスクはヘボ編集長？

その後、「文藝春秋」では七年間ずっとデスクを務め、三代の編集長に仕えました。会社でも最長だと思います。四代目の編集長にきらわれて三カ月で週刊誌にまた追い出されましたが、七年間はつつがなく務めて、部員たちを指揮するようでしないようで仲良く一緒に働いた、我ながら名デスクだったと思いますよ。

でも編集長になったらぜんぜんダメだった。月刊誌と週刊誌と両方やりましたが、自分ながらアカンと思いましたね。「長」というのは、人材をうまく使うことのできない奴はやらないほうがいい。ところが俺は自分で全部やっちゃおうとする。人に任せることも、上手に使うこともできないんです。信用していないんじゃなくて、自分でやったほうが早《は》ええからよお。仕事は何をやらせても、ほんとうに早かった。週刊誌の特集書きなんか、「半ちゃんがいると、カツカツと鉛筆を叩くように書いている機関銃みたいな音が邪魔で迷惑だから、ほかのところへ行ってやってくれ」と執筆室から追い出されたりして。ただ、おっちょこちょいというか、新米の頃、「はい、わかりました！」と出て行ってから「はて、何の取材だったかな」ということは何度かあって（笑）、外から電話して「俺は何のためにあの先生のところに行くんでしたっけ」と小さな声で聞いたりしてました。

　振り返ると文藝春秋という会社は、軍隊帰りが多くて上下関係もあったし、けっこう癖のある組織だったんです。自分でいうのもなんですが、それをいくらかぶっ壊して、非常におおらかで自由な雰囲気のある、神経質でない社風に変えた功績者の一人かもしれません。パーティーの三三七拍子の音頭取りといえば、いつも俺だもの（笑）。お調子者だから、担がれたら遠慮なんかしない。

　ただ、なぜか「鬼軍曹」と言われた時期があって、別にコワイわけじゃないのですが、声が大きい。写真部に行って「おい、これを撮ったのは誰だ」とデッカイ声で聞くと、撮った若いやつが怒られるのだと思って「私です」と首をすくめている。「この写真はなかなかいいぞ」と言うと、なんだ褒めに来たのかと（笑）。ガラガラの胴間声で早口だから、恐れられたのかもしれません。そのへんの誤解を生んだみたいだけど、長年デスクをやれたのは、まとめ上手で潤滑油的な性質だったからじゃないかと。ボート部でも、ふだんあんまり役に立たないけれど、みんながしょげていると元気づけるところはありましたから。

〝アソビの勉強〟と潜伏期間の決意

管理職になって下の面倒もみなきゃならなくなると、書くことはスパッとやめました。三十九歳で「漫画読本」の編集長になり、その後「週刊文春」「文藝春秋」と、編集長をやっている十数年のあいだはひたすら会社の仕事に打ち込んだ。もちろん外部原稿なんかすべて断った。でも昭和史の勉強は飽きずにつづけていたし、すでに懇意になっていた大井篤さん（元海軍大佐）や千早正隆さん（元海軍中佐で戦史作家）らと、ときどき酒を呑んで話を聞いたりはしていました。

もう一つ言うと、その頃に〝アソビの勉強〟もしたんです。そこは下町育ち、かなり芸

遊びもここまでくれば立派。1988年、国立劇場で義太夫「猩々」の酒売りを演じる勇姿。

事好きで、謡《うたい》を習ったり、日本舞踊も松賀流の名取なんですぞ。その伝で、芭蕉の俳句や短歌など、風流系の勉強にいそしみ、いっときペンネームで歌人の端くれになったこともあります。さらに文章の腕が鈍っちゃいかんと思って始めたのが、文庫本形式の年賀状でした。原稿用紙にして七、八十枚前後でしょうか、中国やベルリンへの旅の話やボート部時代の思い出など好き勝手なことを書いて、一九八〇年から十年間、そのあと新書判にして五年間つづけました。歴史に触れていないことはないけれど、昭和史にはほとんど関係ありません。カミさんのほうのばあさん（漱石の長女・筆子さん）が死んだ一九九〇年だけ喪中で休みましたが、そのあと新書判にして五年間つづけました。
その年賀状には自作の木版画が何枚も載っています。版画をはじめたのは昭和三十九年にアメリカに行ったとき、カミさんの姉の陽子さんの旦那さんがやってていて勧められたの

執筆の腕がなまらないように作っていた文庫判・新書判の年賀状。

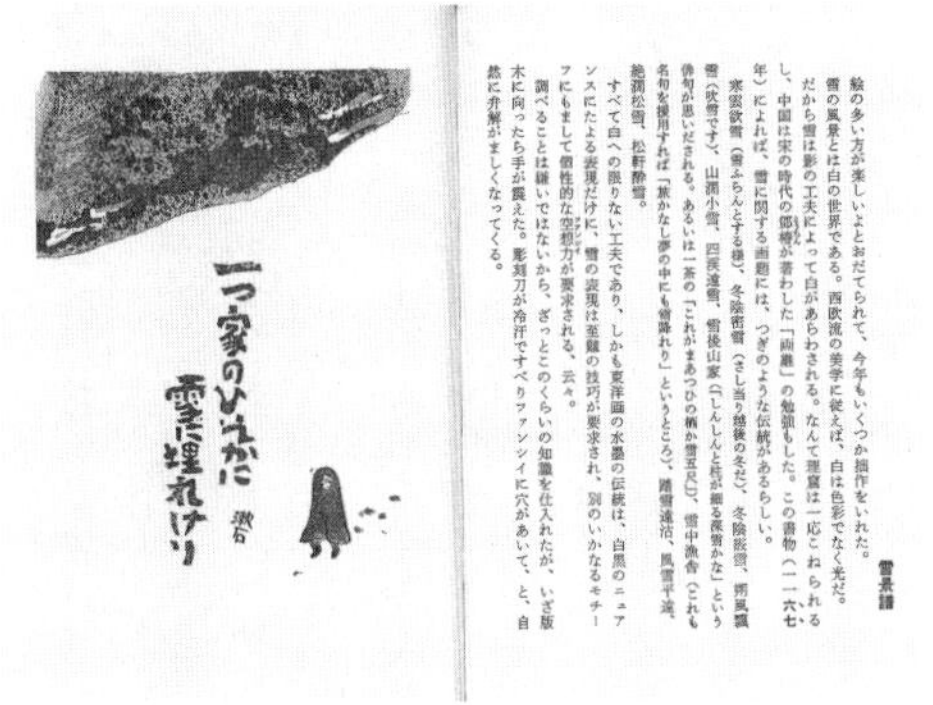

雪景譜

絵の多い方が楽しいよとおだてられて、今年もいくつか拙作をいれた。

雪の風景とは白の世界である。西欧流の美学に従えば、白は色彩でなく光だ。だから雪は影の工夫によって白があらわされる。なんて理窟は一応こねられるし、中国は宋の時代の郭熙が著わした「画譜」の勉強もした。この書物（一一六七年）によれば、雪に関する画題には、つぎのような伝統があるらしい。

寒雲欲雪（雪ふらんとする様）、冬陰密雪（さし当り越後の冬だ）、冬陰霰雪、朔風飄雪（吹雪です）、山澗小雪、四長遠雪、雪後山家（「しんしんと柱が細る深雪かな」という俳句が思いだされる。あるいは一茶の「これがまあつひの栖か雪五尺」）、雪中漁舎（これも名句を援用すれば「旅かなし夢の中にも雪降れり」というところ）、踏雪遠沽、風雪平遠、絶澗松雪、松軒酔雪。

すべて白への限りない工夫であり、しかも東洋画の水墨の伝統は、白黒のニュアンスにたよる表現だけに、雪の表現は至難の技巧が要求され、別のいかなるモチーフにもまして個性的な空想力《ファンタジイ》が要求される、云々。

調べることは嫌いではないから、ざっとこのくらいの知識を仕入れたが、いざ版木に向ったら手が震えた。彫刻刀が冷汗ですべりファンシイに穴があいて、と、自然に弁解がましくなってくる。

己の天才を信じて（？）彫刻刀をふるった版画作品は数知れず。

がきっかけです。水彩画でも油絵でも、素人は色をぬればぬるほど下手になる。描くのが嫌になる。ところが、版画というのは刷り上がるまで出来がわからないから、ことによったら自分は天才かもしれんぞと思って、最後までつづける気力が失せないのがいいんです。後年、銀座で展覧会までやったほどで、じつは今も、数はぐんと減りましたがときどき彫刻刀を握っています。

ただし、十数年の編集長の肩書がついているあいだに何を考えていたかというと、「よーし、会社をやめたら今度こそ物書きになるぞ」ということ。昭和史ものをきちんと自分の名前で出す、いつしかそう志すようになっていたんです。

「八月や六日九日十五日」という俳句のあるのを知ってますか。俳句の世界ではいろいろな人が「八月や」を「八月の」「八月は」「八月に」などと上五《かみご》を変えて詠んできたそうで、だれがいちばん最初に詠んだかわからない。それで長い間「詠み人知らず」となっていたそうです（今はある俳句探偵が、最初の作者を突きとめましたが）。この六日のヒロシマ、九日のナガサキとソ連の満洲侵攻、そして終戦の十五日。『日本のいちばん長い日』ですべて終わりというわけにはいかない。ヒロシマ、ナガサキとソ連侵攻、それから十五日になるまでの日本の苦悩、これだけは書いておこうと、いつの間にか心の奥にドッカとその思いが生まれて、居座っていた。これを仕上げないと死ねないぞ、とね。その思いが「物書きになるぞ」という大それた野望を、ボンクラの俺に抱かせたんですよ。

ところが世はままならないというのか、編集長を十数年勤めあげると、当時の年功序列のベルトコンベアに乗っかってこんどは出版局長になってしまった。そうなると完全な管理職で、問題でも起きなければいてもいなくても同じこと。やることがない。仕事のないのは身の置き場がない性分だから、会社に強く強くお願いして「くりま」という新しい雑誌を創刊してもらい、その編集長を兼任して少しばかり仕事にありつくことができ、いくらか生き返ったのです。

が、この兼任が裏目に出て、ある日、社長に呼ばれました。そして突きつけられたのが、例の俺の出退勤の時間の記録表、一年分。この克明さにはいささかアッケにとられました。

「これじゃ局長の仕事を十全に果たしているとはいえないな。残念ながら辞めてもらうことにする」

腹の中で残念なんて顔をしてないくせに、勝手にしろと思ったから、

「どうぞ、そうして下さい。こっちも助かります」

というわけで、編集委員長という、名称だけは立派な窓際の閑職につくことになったたん

です。まあそれまでに、雑誌「諸君」の創刊反対騒動や、組合結成騒動で会社から睨まれるようになったこともあるんですけどね。

編集委員長というのは、「長」はついていますが、部下というか編集委員はほかに四人いて、みんな俺の先輩ばかりで何らかの雑誌の編集長経験者。長もへちまもない。お前はもう半人前以上の物書きなんだから早く会社を辞めたらどうだ、という暗示以外の何ものでもないとわかりました。

しかしながら、じつはわたくしはこう見えていとも真面目な男でね(笑)、遊び人の飲んべえのくせに。そのときは閑職をもてあまして会社を辞めようと思った。ところがカミさんが「何をバカなことを言ってるの、あんないい会社はないじゃない。やりたい放題していて月給をきちんとくれるんだから。クビだというならばともかく、自分から辞める必要も、文句を言う必要もない。いられるあいだは平気な顔をしていなさい」と言う。まあそれもそうだなと、「は、わかりました」(笑)。

まぼろしの「明治史」!?

そうこうしているうちに松本清張さんや司馬遼太郎さんといっそう懇意になり、さまざ

編集者時代、松本清張や司馬遼太郎と交流を深めた。松本清張（右）とは「空の城」の取材でカナダ〜アメリカの旅に同行した（左端が著者）。1977年ごろ。

司馬遼太郎（右）の自宅で談笑する著者。

まなことについて話すようになっていました。清張さんとは二・二六事件など、司馬さんとは統帥権についてよく議論をした。そのうち、統帥権については司馬さんが言っているようなものではないんじゃないか、もう少しきちんと明治史というものを書かないと統帥権はわからないだろうと思ったんです。『坂の上の雲』はいうならば創作で、あれが歴史になってしまってはいけない、日清戦争から日露戦争までの十年間、日本の民草《たみくさ》がどのくらい苦闘したか、我慢を強いられたか、明るい明治ばかりではない。さらには、せめてあのあとの日本がいかに悪くなっていったかをきちんと書いておかないと……それで『坂の上の雲』の後の明治を書く、それはやがて大正史になる、と考えはじめました。もちろんそれは自ずから昭和史につながっていきます。

ただし、ノンフィクションとしてまともにだらだらと事実だけ書いても面白くないだろう、誰かを主人公にしてわかりやすくしたほうがいい、それには加藤友三郎がいいんじゃないかと構想していたんです。日本海海戦のときの東郷平八郎の下の参謀長で、その後は八八艦隊案を構想し、ワシントン軍縮会議では五・五・三の比率をのみ、「戦争は軍人だけがするもんじゃない、カネ（国力）と国民の総意がなければできないんだ」と言った人です。でもそれからすぐ死んじゃうし、人物としてちょっと地味じゃない。

焦点は日本海海戦からワシントン会議までに合わせることにして、脇を彩る派手な登場人物は誰かいないか、と考えて浮かんだのが夏目漱石なんです。そこで会社の窓ぎわで仕事がないのをいいことに、漱石を久しぶりに手に取り、メモをとりながら読みはじめました、ほかには北一輝、また石川啄木も出せば派手になるな……と案を練っていました。

そんなとき、待ってましたとばかりに「文藝春秋」編集部から声がかかったのです。『日本のいちばん長い日』までの、大日本帝国の終戦に至るまでの苦闘を書きませんか、という註文です。あるいは俺のほうから売り込んだのだったかな、どうもこのへんの記憶がごちゃごちゃしてますがね、とにかくそれがのちに本になった『聖断――昭和天皇と鈴木貫太郎』（一九八五年）です。連載してもらったうえに、それが文藝春秋読者賞までもらっちゃったんですから、開き直りの（？）スタートは満点でした。

そのうえ、さらにでっかい仕事をすることになったんです。

ある成功の代償

折から文藝春秋六十周年を記念して少し大きなパーティーをすることになりました。そして後日、出席者全員にやや立派な、出版社らしい贈り物をしたい、何かいい案はないかという話が出たものだから、『「文藝春秋」にみる昭和史』はどうかと考えました。

大正十二年（一九二三）に創立した会社は昭和と一緒に歩いてきたようなもので、これならぴったりじゃないか。とりあえず創刊から敗戦までを一冊にまとめる、というわがプランに会社が乗った。でも誰がやるのか、というから「じゃあ私がやります」と。たくさん引用をするので許可願いなどのやりとりのために社にいるアルバイトの女の子を下につけてもらっただけで、一人で勝手に人選して本は無事にできあがりました。引用させてもらった人たち（故人が多いのでその遺族）には「贈り物のため」と正規の印税を払わず、数万円の謝礼だけで済ませちゃったんですが、これが評判がよかったものだから出版部が「本にして売る」と言い出しました。

本にするのはいいけど、印税については知らないよ、と忠告したものの、「そんなのだれも文句は言ってきませんよ」と、度胸があるというのか、それで一九八八年一月になって市販されると十二万部も売れたんです。ならば戦後篇も出そうというわけで、準備しようとしたら昭和天皇が倒れちゃった。天皇の主治医の記録まで入れて続編を出しましたが、こっちは無理に引き伸ばしたために出来具合としては今ひとつ。でも十万部ぐらいは売れましたかね。印税なしですから、会社はずいぶん儲かったんじゃないかな。

そんなことがあってからだと思うのですが、五十五歳の定年を前に副社長に呼ばれ、「君を役員にする」と告げられました。寝耳に水もいいところです。あとで聞いた話ですが、「会社をうんと儲けさせた社員を定年で追い出すのは、社としてみっともない」と副社長が役員会で力説したというので、お情けみたいに突然、なんと役員になっちゃった。

これでまた、ひどいめに遭いました。役員としての雑用をこなすうちに、やがて社内に個室をもらうまでになっちまった。正直そういう役職はまったく俺には向かねえんだよ……。ただ、まだ〝ヒラ〟の取締役でいるあいだは時間に余裕もある。それからです、『漱石先生ぞな、もし』を、例のメモをもとにばんばん書きはじめたのは。これがまた本になるとなぜか大層売れて、続編を出すわ、賞（新田次郎文学賞）までいただくことになりました。

え？『坂の上の雲』の続編はどこにいったかって？史料は集めたものの、漱石先生がそっちにとられて吹っ飛んで、揚句に意欲もすっかりどこかへふっ飛んじゃったねえ。だからといって今から書くのはたいへんだよ（笑）。でも、少々つまらなくてもいい、資料として後世に残しておこうか、なんて気にもなっていますがね、多分、ダメでしょうね。

五、遅咲きの物書き、〝歴史の語り部〟となる

広島県呉市の大和ミュージアムで10分の1の戦艦「大和」と対面。2005年。

〃じんましん十年〃の役員時代

思いもしなかった役員になったものの、それから先のことは記憶がごちゃごちゃんなってる。会社からわが履歴を取り寄せて見てみたら、俺、いつの間にか常務になってるんだけど憶えがねえんだ（笑）。あまり気の入っていないことの記憶はあてになんないね。役員になる前のことはしっかり覚えているんだけど、あとはまったく自信がない。

そのころ参っちゃったのは、じんましんが出て、じんましんが出て、もうたいへんだったこと。かゆいなんてもんじゃない、手にも脚にもぱあーっと出て膨らむしねえ、顔には出なかったんだけど、首から下はもう全身ですよ。当時、社内の診療室に鈴木ドクトルという性病の大家がいました――なぜ性病の大家がうちの会社の主治医だったかはわかりませんが（笑）。そこに通って、病名もわからないまま、いろいろと工夫をしてくれた薬を飲んで治るときもあったんですが、またすぐに出る。ほんとうに参りましてね、しまいに「半藤さん、わるいけどこれ、会社を辞めれば治るよ」と言われました。いやまあ面白いことに辞めたとたん、ほんとうにいっぺんに消えて、その後はまったく出なくなった。記録によれば十年ぐらい役員をやってましたから、〃じんましん十年の時代〃ですよ。今でも「役員」と聞くとぶつぶつが出てきそうなくらいです。
ヒラの取締役時代は、会社にやたらつっかかってました。雑誌を一気に三つも創刊する、「怒濤の三誌」だなんて、どれだけ新規採用人員が要るかわかってんのか、とか、らせん階段のある新社屋をつくるなんて格好だけはいいけれど、工務店にいいように操られてのちのち使い物にならねえに決まってるとか……。組合騒動のときに先頭に立っていたから、社長が俺を目の敵にして追い出したがっていることは感じていました。そんななかでひょんなことで役員になって、荒れていたんでしょうか。

新国劇の俳優、島田正吾（左）と。新国劇のファンゆえに顔がほころぶ。

「Emma（エンマ）」（一九八五〜八七年、文藝春秋発行の写真週刊誌）という雑誌をつぶしたのはあたしなんですね……ということもないんだけれど、一九八六年暮れ（十二月九日）、ビートたけしが講談社の「フライデー」編集部に殴り込んで社会的な事件になったでしょう。翌一月七日でしたか、社長が正月のあいさつをしたあと、配られた弁当を食べ、それから初の役員会があったんです。そのとき社長が「今日の私の年頭演説はどうでしたか」と何を勘違いしたのか、いきなり俺を指名した。で、正直に「くだらんと思いました」と答えたんです。現下のマスコミ界の問題は、写真週刊誌であいう事件が起こったことです。「エンマ」だって同じようなもので、いつ殴り込みがあるかわからない、社員がいちばん気にしているその問題について一言も触れないのは、社長の新年の演説としては下《げ》の下《げ》だと思う……そんな馬鹿なこと、ふつう思っても言うやつはいないんだよね（笑）。そうしたら小野詮造《せんぞう》さんという専務（副社長だったかな）が大声で「ちょっと待て、それはエンマをやめろということかッ」。俺は「そんなことは言ってません、ただそういう問題が起きてもおかしくない雑誌だと言っただけです」。そうしたら例の（太平洋戦争を勉強する会の）安藤満くんが手を挙げて、「私は半藤さんの意見に賛成です。やめるべきだと思います」と話を引き取っちゃって、役員会が侃侃諤諤《かんかんがくがく》の大激論になった。十二人ぐらいいる役員のたいていは黙って聞いていて、やり合ってんのは下っ端の俺と安藤くんともう一人ぐらい。相手は上林社長や小野さんたちでした。そんなことがあってから、なんと十九日の常務会で急に廃刊が決まったじゃないですか。常務会には平取《ひらとり》の俺は出てませんでしたが。まあそういうことばかりやってたわけです。で、じんましんです(笑)。

そのあと専務になったのもちょっとした裏話がありましてね。社長というものは、本気でなりたいと思わなければなれないし、なっちゃいけない。同期の田中健五くんはなりたいヤツだったから「よし、応援してやる」と周辺に声をかけたり背後でそれとなく下工作をして、田中くんはめでたく社長になった。その恩義に報いたのか、彼が俺を専務にしちゃったんです。社長だった上林さんは会長に退き、副社長はいないから、いつの間にか俺は実質ナンバー2です。個室をもらったうえに秘書がつき、社用車が家に迎えに来る。そもそもボンクラ社員の〝歩《ふ》〟が、突然に〝成金〟になったみたいな……会社というのはそういうものなんですよ。瓢簞《ひょうたん》から駒、青天の霹靂《へきれき》、つまり自分の意志とは関係がない。

社長になった田中くんは、出版界での仕事をするのは好きだけど、会社内の問題にはあまり興味がなかったのか、となると俺が会社内のことに関わらないわけにはいかない、それで総務担当になり、上のほうの人事をやることになりました(下のほうは総務局長がやります)。これねえ、駒を動かすとか、人を使うとか、よっぽど好きじゃなけりゃあ、人が人の運命を左右するような人事問題なんかをやるもんじゃないですよ。それを三年もやったんだから驚きです。で、またひどいじんましん（笑）。「専務に会いたい」と言われ、くわぁーっと男泣きされて「なんで私がこの席に移らなきゃいけないんですか、理由を教えてください」って、そんなの言われてもよぉ……。適材適所なんて言葉は、あれはウソですな。人間の本質がふだんつき合っていない他人にわかるわけがないんです。

辞めなかった理由

『日本史が楽しい』『昭和史が面白い』（ともに一九九七年、文藝春秋）という本があります。もともと「ノーサイド」という雑誌の連載で、私がホストになってさまざまな人を招いた鼎談がまとまったものです（以下は『昭和史が面白い』の目次より抜粋）。

- 昭和史の〝バケモノ〟統帥権 ――杉森久英＋村上兵衛
- 『昭和天皇独白録』の空白部分 ――阿川弘之＋大井篤
- 「引き揚げ」修羅の記憶 ――藤原てい＋なかにし礼
- 世界最高記録の日々 ――古橋廣之進＋橋爪四郎

・数寄屋橋慕情　――森本哲郎＋加藤武
・赤線恋しや　――加藤芳郎＋春風亭柳昇
・大阪万博　巨大祭りの顚末　――小松左京＋川添登
・昭和天皇はパンダがお好き　――真崎秀樹＋高橋紘

ストレスを抱えながらも社を辞めなかったのは、役員でいながらでもこういう仕事をやれたからです。「ノーサイド」「オール讀物」「文藝春秋」……幸いなことにこの会社にはいろいろな雑誌があって、次々に「注文」が来る。捨てがたいというのか、面白い。のちに『指揮官と参謀』と改題された『コンビの研究』（一九八八年）は、もともと「オール讀物」の連載です。「満洲事変と朝日新聞」という長い記事を書いたのは「文藝春秋」でした。会社の仕事のうちですから、もちろん原稿料は出ません。編集部にすれば、ただで使えてよく働く、便利な男が社内にいたわけです。

ただし専務になってからは、少し執筆を控えました。でもさすがに四年もやると、「このへんでおろしてもらえないか」と社長に頼んだ。そしたら会社も困ったのか、「常任顧問」という役職をつくってくれて、喜んで就任しちゃった。毎週の役員会には出席せず、月に一度の昼飯会に出るだけです。そうなるとまた活動再開ですから、簡単に言えば〝じんましんの十年間〟は、専務の四年間を除けば役員としての仕事よりも執筆活動に重きをおいていたわけです。それでも毎日いちおうは出社して役員会議に出て、大喧嘩もはたく。人間、身に合わないことをやっていると何らかのストレスはあって、精神衛生状態はよくなかったんだね。体は正直、じんましんは相変わらず。漱石の俳句をかりれば「ぶつぶつと大いなる田螺《たにし》の不平かな」、いや、もじっていえば、「無能なる役員となりてあら涼し」でした。

『昭和天皇独白録』のこと

専務時代にたった一つ、はっきり記憶に残っている大仕事があります。「今日の予定は十時にこれこれ、十一時にこれこれ……」なんて秘書にいちいち言われるようになってうんざりしていたところ、年号が平成になったばかりの一九九〇年十月二十日でしたか、「文藝春秋」編集長で後に社長になった白石勝くんが、秘書を通して「会いたい」と言ってきたんです。いつでもどうぞ、と応じると、何かたいへん慎重かつ真剣な面持ちで、あるものを抱えてやってきました。

秘書がお茶を出して部屋を出るのを見届けてから、「じつはすごいものが手に入ったんです」と言うじゃない。何だときいたら、あの「昭和天皇独白録」の原稿だったんです。といっても薄い文書の束で、原本ではなくコピーでした。書いたのは（日米開戦まで在ワシントン日本大使館詰めの一等書記官だった）寺崎英成さんで、出どころは娘さんのマリコ・テラサキ・ミラーさんとのこと。寺崎さんの兄、親米派の外交官だった太郎さんの名前は知っていたので、ああ、あの弟さん、戦後は侍従をやっていた……と承知はしていました。ただし、筆者ははっきりしていても、これがほんとうに昭和天皇が喋ったものなのか、あるいは誰か周辺の者たちによってつくられたものなのか、正直いって判定できない。そこで、一読して昭和天皇の直話なのかどうか、つまり本物かどうか判定してほしいというわけです。

そんなこと、僕は昭和史をやっていても天皇そのものについてはあまり詳しくないし、昭和天皇についての専門家に頼んだほうがいいんじゃないの、と言うと「外には頼めない」、なぜなら情報が漏れては一大事、せっかくのスクープがパアになる。じゃあこれを入手したことは社内の誰が知っているのか？　いや、白石くんとデスクだけで、編集部員も他の人もまったく知らないという。

もちろん読んで判定を下すなんて大変なことです。が、肚《はら》を決めました。「よし、わかった。次号に間に合わせたいんだな」「はい」。当時はまだ活字の時代ですから「文藝春秋」の締切日は早くて、毎月二十七日がギリギリ。それが翌月十日に発売される。ですから持ちこまれてから一週間しかない。「じゃあ猛急だね」というわけです。

でもこれ、コピーだからなおさら危ないんですね。途中でまったく余計なことが書き足されていてもわからない。しかもその数年前（一九八三年）、ドイツの「シュテルン」という雑誌が「ヒトラー日記」を発見したというスクープを出したことがあります。鑑定家だけでなく、イギリスの著名な歴史家でヒトラー研究家の世界的権威であるヒュー・トレヴァー＝ローパーまでが本物と追認した、もはや太鼓判がおされたというので、世界に向けて大々的に報道された。それが、あっという間につくりものと判明したんです。結局、雑誌はつぶれたんじゃなかったかな、そのヒトラー研究家も権威を失墜して、そりゃもう大騒ぎだったんです。だから、こんなもの預かっちゃったけど、あれとおんなじことになるんじゃねえか、編集部に極秘裡《り》に持ちこんできた奴のワナかも知れない……というのが頭にあって、大丈夫かなと思いながら、やっぱり丁寧に読みましたよ。久しぶりに緊張しました。そこがほれ、個室ですから、秘書に誰も入ってこないようにいって机に広げてね。

読んでいくと、どう考えても昭和天皇しか言えないことが四カ所ぐらいあったんです。あとは知ってる話で、この程度の筋書なら俺でも書けるな、とは感じたんですが、こういうことは本人以外のものに言えるはずはない、いくら悪知恵を働かしてもあり得ないなという部分もある。たとえば、いちばん最後のところ、

「私が若《も》し開戦の決定に対して、『ベトー』(veto　拒否)したとしよう。国内は必ず大内乱となり、私の信頼する周囲の者は殺され、私の生命も保証出来ない」

「ベトー」なんて言葉は知らなかったけど、偽物をつくるにしても、「私の生命も保証出来ない」なんてことは他の人じゃ言えないなと。ほかにも三カ所、忘れちゃったけど新事実と考えるほかのない記述があった。これは天皇みずからが語ったものだ、と確信しました。

それで三日後の二十三日に白石くんを呼んで、

「本物だと思う。十二月号に間に合わせるなら今すぐアメリカに飛んで、マリコさんに直接会い、実物を見てもう少しきちんと確認をしたうえで、借りられるなら借りてくる。相手はアメリカの人だから条件などもきちんと交渉して決めてきたほうがいい」

と伝えました。さらに、

「このまま出してもいまの日本の一般読者には昭和史の流れがわからない、細かく注をつけ理解しやすくしたほうがいい。こうなったら乗りかかった舟だ、俺が書く。あなたが帰るまでにすべて終えておくから、コピーは置いていってくれ」

と。他の部員にも、大特ダネを準備中だということにして黙っておいたほうがいい。社長にも、知らせないほうがいい、すぐ外に洩《も》れる。でも、まったく内緒というわけにもいかないだろう、どうすべきかデスクとよーく打ち合わせて、と、細かいことは編集部に任せました。

さあ白石くんはすぐアメリカに飛びました。その間に注にとりかかりましたが、もう全文にいちいちつけなきゃいけないぐらいで、時間がかかりましたねえ。個室はこの場合まことに便利でした。一方で、デスクが中心となって新聞広告やポスターはインチキのものを作っておいたんです。

さて、発売日の翌月十日が近づいて、問題はどうやって発表するか、です。とにかく水も洩らさぬくらい秘密は保たれてきました。もちろん誌上でいきなりバーンとやるのもいいですが、PRのためには直前に新聞社で特ダネとして大きく報道してもらうのもいい。他には一切漏らさないことを条件にしてある程度の材料を与える、つまりこっちからリー

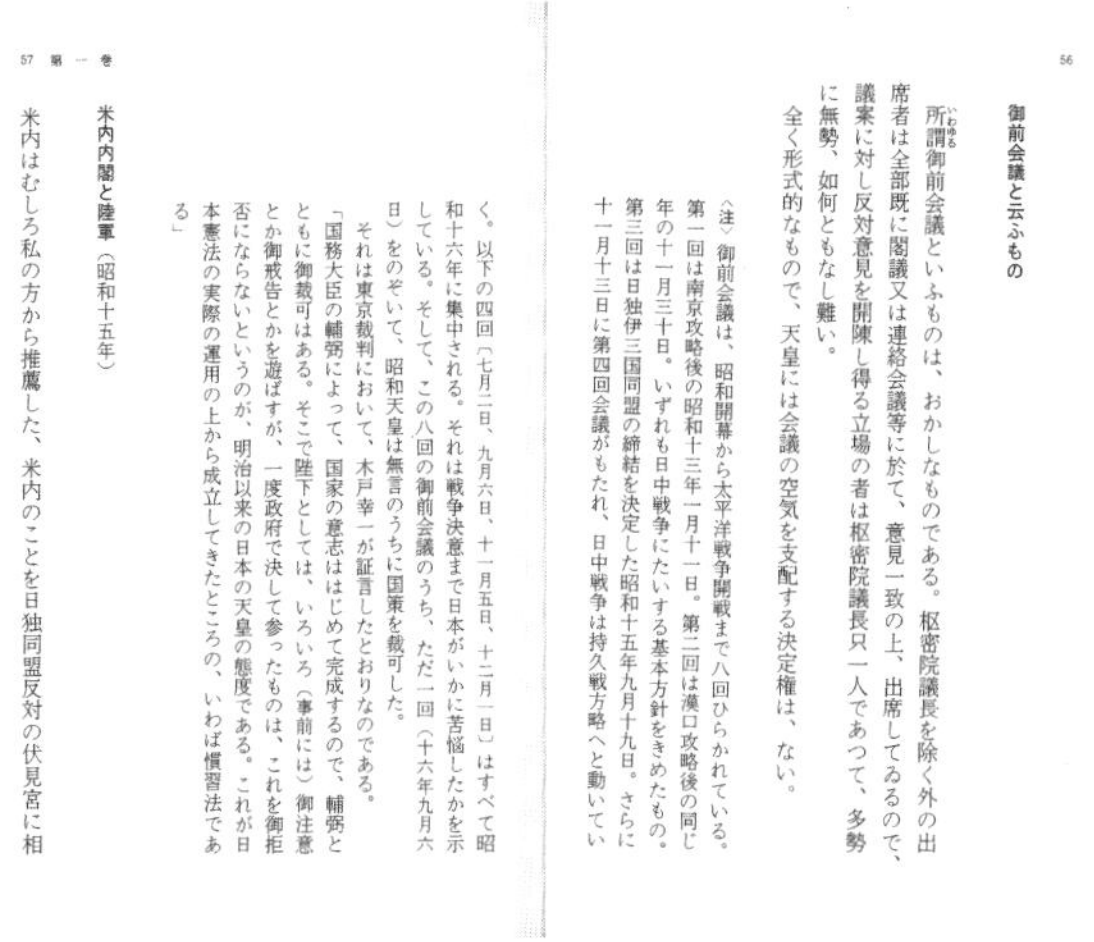

56

御前会議と云ふもの

所謂《いわゆる》御前会議といふものは、おかしなものである。枢密院議長を除く外の出席者は全部既に閣議又は連絡会議等に於て、意見一致の上、出席してゐるので、議案に対し反対意見を開陳し得る立場の者は枢密院議長只一人であつて、多勢に無勢、如何ともなし難い。

全く形式的なもので、天皇には会議の空気を支配する決定権は、ない。

〈注〉御前会議は、昭和開幕から太平洋戦争開戦まで八回ひらかれている。第一回は南京攻略後の昭和十三年一月十一日。第二回は漢口攻略後の同じ年の十一月三十日。いずれも日中戦争にたいする基本方針をきめたもの。第三回は日独伊三国同盟の締結を決定した昭和十五年九月十九日。さらに十一月十三日に第四回会議がもたれ、日中戦争は持久戦方略へと動いていく。以下の四回〔七月二日、九月六日、十一月五日、十二月一日〕はすべて昭和十六年に集中される。それは戦争決意まで日本がいかに苦悩したかを示している。そして、この八回の御前会議のうち、ただ一回〔十六年九月六日〕をのぞいて、昭和天皇は無言のうちに国策を裁可した。

それは東京裁判において、木戸幸一が証言したとおりなのである。

「国務大臣の輔弼によって、国家の意志ははじめて完成するので、輔弼とともに御裁可はある。そこで陛下としては、いろいろ（事前には）御注意とか御戒告とかを遊ばすが、一度政府で決して参ったものは、これを御拒否にならないというのが、明治以来の日本の天皇の態度である。これが日本憲法の実際の運用の上から成立してきたところの、いわば慣習法である」

米内内閣と陸軍（昭和十五年）

米内はむしろ私の方から推薦した、米内のことを日独同盟反対の伏見宮に相

57　第一巻

クするんです。慎重な秘密会議に俺も呼ばれました。朝日がいいか、読売がいいか、なんてね。

そこでデスクが「NHKがいいと思う。テレビのニュースでやってもらいましょう。新聞よりこっちのほうが全国的だ」と提案した。うまくいけば夜七時と九時のニュースで流してくれるからと。俺はどうかな、と思ったけど、結局はその案に決まって、たしか前日の

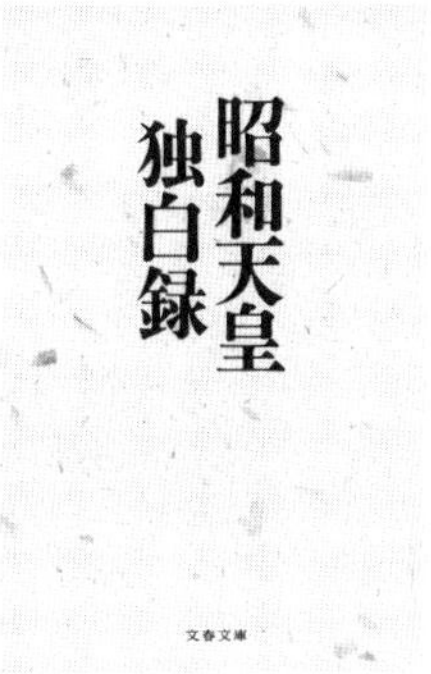

大勝負が大成功して話題を呼び、のちに書籍化された『昭和天皇独白録』（現在、文春文庫）。猛急で各項目につけまくった注は、しばしば本文の分量を超えた。

昼ごろに編集部からＮＨＫに連絡すると、向こうはすっとんできたように記憶しますがね。社長にも同じころに知らせたのではなかったかな。それで取材を済ませ、まさに雑誌発売前日の七時と九時のニュースでＮＨＫがダーンとやってくれたんです。翌朝の新聞などの広告も、特ダネが流れたころにパッとほんものに差し替えました。編集部が考えに考えた作戦で、白石くん以下、あれはほんとうによくやりましたね。結果、大成功です。雑誌は売れに売れた。長い歴史のなかで百万部以上も刷って完売したことは五、六回ぐらいですが、このときは百万部以上刷ってすぐに売り切れました。

ちなみに、それ以外で百万部を超えたのは、芥川賞発表号の二、三回かな——うち一回は、池田満寿夫さんの「エーゲ海に捧ぐ」が掲載された号（一九七七年九月号）で、私が編集長でした。そもそも雑誌は売れたからって、あわてて増刷したって意味がないんですよ。雑誌で儲けるには広告収入の比重が大きいんです。増刷しても新たに広告収入が入るわけではなく、印刷代や紙代や輸送代がかかるだけ。だから最初によっぽど見込んで刷らなきゃいけません。

この大仕事は、嫌々ながらも会社に残っていたからやれたんですね。それに、これだって立派な「昭和史」です。不満やじんましんはあっても、「チャンスがあれば昭和史のつづきができるんだから」と、そこはカミさんの教えを守って（笑）、ちゃんと給料をもらいながら、いっぽうで好きなことをやっていたことになります。要するに会社を辞めていきなり物書きになれたわけじゃなくて、十年間寄り道して猛練習をつづけていたとも言える。結果的には将来のための積み重ねの十年でもあったんでしょう、いくらかいい気な言い方になりますが。

山県有朋をなぜ書いたか

東京新聞のコラム「大波小波」さんが、二〇〇九年にこう書いてくれたことがあります。

「……半藤一利のセールスポイントを列挙しておく。①東大ボート部出身のおそるべき体力の持ち主である。②作家としての出発は超遅かったが、それだから後半戦がやけに強い。③たいへんな博識のほかに作家的妄想能力があり、関係なさそうなことも三題噺《ばなし》みたいに結びつけるのがうまい（いくつか例を挙げてくれていますが、略）。④向島生まれの東京ッ子でいて、新潟県長岡中学の餓鬼大将、ルーツが二つもある。⑤半藤は「さん」をつけて呼べる人間しか興味がない。海舟さん、漱石さん、荷風さん、安吾さんだ。「さん」にこだわりすぎているが、大嫌いな薩長でも、西郷さん、大久保さんと呼んでいる」――まあここに司馬さん、清張さんをつけ加えてもいいでしょうか。

そこに欲を言えばもう一項目、⑥昭和史や太平洋戦争史をもっぱらとする歴史探偵を自称しつつも、ガリガリの歴史オタクではなく、そこは東京下町の悪ガキ育ち、「野暮は嫌だね」と酒席でのオダや文学的へなちょこ論を得意とする、なかなかくだけた風流好みである——と加えてほしかったね。

ただ荷風さんや安吾さんを書くにしても、私は荷風論や安吾論をやっているわけではないんです。『荷風さんと「昭和」を歩く』『荷風さんの戦後』『坂口安吾と太平洋戦争』……ぜんぶ昭和史です。案外、ぼくは真面目に昭和史から離れなかった。ただ一筋につながっていたんです。

そういえば、専務時代にもう一つ、『山県有朋』(一九九〇年)を書いてます。「幕末・維新の群像」というシリーズで、坂本龍馬や吉田松陰ら編集部で選んだ十一人のうち誰か一人を書いてくれと、PHPの大久保龍也くんがやって来たんです。よし、やってやろうということで「西郷隆盛は?」「決まってます」……見ると、人気者はすでに筆者が決まっていて、残りものをもってきている(笑)。じゃあ、余ってるのは誰だ、山県有朋だという。

「いちばん人気のない奴じゃないか」と、渋々と承諾したものの、じつは日本で明治の時代に統帥権がどうやって定着したのかを書こうと思って、内心は喜んで引き受けたんです。

前に話したように、司馬遼太郎さんと統帥権についてやりあったことがあります――司馬さんは『この国のかたち』で、日本史で昭和という時代だけが統帥権という「魔法の杖」に振り回されて別ものだ、と書かれていますが、そうじゃないと思う、歴史は切れ間なく流れているのだから当然、前の時代から影響を受けていると。それで統帥権をもっときちんと勉強しておかないと、昭和史の大事なところがわからないと考えていたんです。ただし、一話五枚（二千字）を五十話で構成して山県の一生を書いてくれという。なんだ、そんなしち面倒くせえ制約があるのかと面食らったのですが、皆にそう頼んでいるからとのこと。それで苦労して五十話を書きましたよ。でも実際にこの制約を守ったのは、「島《しま》津《づ》斉彬《なりあきら》」を書いた、やっぱり編集者上がりの綱淵謙錠《つなぶちけんじょう》さんともう一人ぐらいで、あとは枚数なんか無茶苦茶だったそうです。さもありなん、物書きは機械じゃないですから。

命がけの独立

専務を辞めさせてもらい、浪人というわけにもいかなくて常任顧問になったけれど、そ

退社を機に、堂々と自身の名で出した『決定版 日本のいちばん長い日』（右。現在、文春文庫＝左）。

うなるとだんだん社内外からの注文も多くなってきた。専務をやれば不文律で会社には六十六歳までいてもいいんだけど、二年後の六十四歳で「もういい」と退社を決めました。このときはさすがにカミさんも「ご苦労さまでした」と労《ねぎら》ってくれましてね、それまでは本や史料を部屋や階段や玄関などに山のように積んであるだけでしたから、本格的に書くならきちんとした書庫をつくり、仕事のしやすい家を建てましょうということになった。そう決めると一人で東京じゅうの土地を探し歩いて、いま住んでいる家を彼女がつくったんです――俺の母親に似てる？　あははははは。夫が退職してから「さあ、仕事だ」って張り切るのも変わってる？　あはははは。

とにかく、そういうわけで、俺の場合は六十四歳の夏からが本式のスタートなんですね。大学教員のクチもいくつか来ましたが、「物書きになります」と断りました。度胸があったのかねえ。自信なんてないですよ。いくらかは命がけでした。斎藤緑雨《さいとうりょくう》の「筆は一本、箸は二本」じゃないけれど、いざとなったら酒はやめよう、の覚悟はきめましたよ、ひそかにですがね。

退社と決まっていちばん最初にやったのは、大宅壮一さんに『日本のいちばん長い日』を私の名前に返してくださいと、ご本人はもう亡くなっていましたから、奥さまにお願いに行ったことです。「恐れ入りますが、あの本には間違いがあり、それを全部直して決定版を出したいのですが、ついては著者名を私にお返し頂けないでしょうか」と。奥さんは、「あたりまえじゃないの、大宅は何もしてないんだから」と快諾してくれました。そして「大宅が生きていたら何か考えたとは思いますけれど、これが退職祝いよね」と言ってくださった。それで会社に話して、きちんと修正を済ませ、退職翌年の一九九五年に私の名前で決定版を出しました。

瀬戸際の体験

会社員時代を振り返ると、編集という仕事は、こんなに面白いことはないんじゃないかと思ったね。誰かに書いてもらうにしても、ある程度は自分で好きに考えた構想のもとに、自分で選んだ人を動かして、自分で読みたいもの、楽しめるものを作れるというのは、書くことよりはるかに面白いと思いました。映画監督に似ているかな。野球やサッカーの監督かな。でも監督は、プロデューサーだの何だのうるさいのがいるでしょう、編集者はほぼ自分の自由です。文藝春秋には「雑誌は編集長のもの」、上の人間は余計な口を出さない、というよき伝統もありましたしね。そのかわり、とくに編集長になると責任はもちろん全部負います。たいへんな思いをすることもありました。いつだったか、掲載した記事がもとで、浅草の新門辰五郎の新門一家に呼ばれ、デスクと二人で日曜日に赴いて子分衆に囲まれましてね。代貸《だいがし》に「親分の顔に泥を塗った」とがんがん詰め寄られ、これはお詫《わ》びに小指でも切んなきゃならねえのかと思ったこともありました。手打ちになったとき、親分さんが「お前さんたちはよく二人だけで乗りこんできたね。ふつうは警察に届けて、私服がついてくるもんだが、あっぱれだったよ」とほめてくれましたが、いま考えりゃ貴重な体験だったというのか……。

「週刊文春」編集長時代はロッキード事件（一九七六年）がありましたから、検察庁の特捜に何べんも呼ばれてました。でも裁判になったのはいくつもないんですよ。政治家は「週刊誌を訴えた」という報道が出ればそれでいいんです。実際に裁判を起こしたら、面倒くさくてしょうがないじゃない。ただ検察庁は、受理した限りは徹底的に調べないと後で問題になりますから、やたらと呼びつけるんです。こっちの都合なんて一切無視で、二時か三時まで仕事してんのに「朝九時に来い」とかね。「午後にしてください」と頼むと、「何を言ってるんだね、君は被疑者なんだ。いざとなると逮捕できるんだよ」と脅す。こっちは「じゃあ逮捕すれば?」ですよ。ちなみに、あたしは大酒飲みで、新橋駅での大喧嘩とかいろいろとやってますけど、幸いに逮捕はされたことありません(笑)。

いま出版社はどこもたいへんですけれど、私のころは幸いなことにバブルの時期です。雑誌が売れなくて困るなんてことはまずなかった。ちょうど辞めたころにバブルがはじけたもんだから、後輩に言わせると「半藤さんは完全に食い逃げしやがった」(笑)。まったくその通り、月給を貰《もら》いながら、将来のためのウォーミング・アップをしていたようなものですものね。

それに、面白い仕事がやれたというのは、前にも言ったけど右だの左だのと面倒くさい議論やなんかは、まだ元気だった「改造」「中央公論」「世界」がやってくれて、こっちは愉快で楽しくやれたということもあります。今は「文藝春秋」が一強で政治・経済・外交の言論までやっているように思われているかもしれないけれど、もともとはそういう雑誌じゃないんですよ。目次を開いて「右のほうはどうでもよろしい、左のほうに面白くてタメになる話題がダーッと並ぶのがいい雑誌」と訓育を受けてきましたから。つまり右は政治経済の記事で、誰も読まないような巻頭論文はいらない、いきなり楽しい随筆です。目次の観音開きも、右は一回開きですが、左側は二回開くかたちになってました。つまり面白くてタメになる読み物的な記事の分量が一・五倍ぐらいだったわけです。今は、右の記事が左までぐんぐん押し寄せていますけれど。

先に話したように、僕らが入社以来、先輩から居酒屋で言われてきたのは、面白い話をもっている、すごい経験をした、いろいろなことを目撃した人は、ゴマンといる。ただし彼らは書けない、だからそういう話を聞いてきて、記事にする。それが目次の左側のページなんです。少し格好つけていうと「現場主義・当事者主義」。そっちのほうがはるかに面白いし、雑誌がいきいきとしてくる。俺はそういうことばかりやってきたんです。

道に迷ってよかった

戦後、三鷹事件（一九四九年七月十五日夜、中央線三鷹駅で無人電車が暴走して二十人以上が死傷した）というのがありました。あれは国鉄の大量のクビきりが背景にあって、一人でできることじゃないんですが、結局は国鉄職員だった竹内景助さんという人の単独犯とされました。死刑が決まって留置場に入っている彼の談話を取ってこいというんで、弁護士を通して話をつけて、行きましたよ。「自分はやってないんだけど完全に騙されて犯人にされてしまった。私は貧しいところの生まれで育ちで、美味しいものはもったいないかららいちばん後で食おうととっておく、という習慣があった。でも、いまはしみじみと思うんですよ。最後に食べようと思っても死んじゃったら食べられない。なんだか、ほんとうに損をしつづけた人生だったな」と言う。「ああ、もっともですねえ」と感じ入り、俺も悪ガキの時代はそうだったな、と思いました。で、「おいしいものから食べなさい」と題した記事が「文藝春秋」一九五七年二月号に掲載されました。竹内さんは獄中で病死しちゃいましたが、これだって一種の昭和史ですよね（同年の松川事件のことは『昭和史』戦後篇で詳しく述べました）。

　古賀政男さんを取材したことがありました。山本富士子さんが結婚した山本丈晴さん（旧姓古屋）は、もともと古賀さんの弟子というか、お稚児《ちご》さんだったらしい。それを山本富士子に取られちゃったんです。ご自宅にお邪魔して二人の結婚の話を聞くと、古賀さんはぼろぼろ泣きながら、「タケハルくん、お前がいなけりゃあ俺は……」なんて、俺があわててハンカチを出して渡すくらい、それはもう大変でした。そのまま書くよりしょうがなくて、ともかく少しみっともねえような原稿なんだけど、書き上げたものを古賀さんに見てもらったら、「まったくこの通りです。よく書いてくれました。直しはありません、これでいいです。ありがとう、ありがとう」とまた大泣き。「いや、ここんとこはちょっとおかしいんじゃないですか」「いいえ、もうこのままでいいです」とまた涙。そして俺の手を握って離さない。古賀さんの名前で出た記事は、題して「山本富士子の愛と真実」。

思えば、一貫して昭和の時代の「当事者」の話を聞いてきたことになります。戦争の当事者は幸いにまだ生きていたし、市井《しせい》の人たちの話も山ほど聞き、いくつもの人間ドラマを見てきました。そういう意味では、新聞社の運動部に配属されてボートレースや相撲の記事を書いているよりよかったでしょうね。それに新聞社だったら一つの事件が終われば、はい次の事件、でしょう。雑誌だと二度も三度も会いに行き、長い実話も書くことができました。そして個人的に親しくなった人たちからは、人生百般、森羅万象、いろいろな話を聞かせてもらいました。妙なことで昭和史に食いつくチャンスをもらったのも、編集者だったからです。入社試験の日、道に迷ってよかった(笑)。

失ったもの、得たもの

会社の人たちとの関係は、ボート仲間とはぜんぜん違いました。青春をともにしたボート部の連中とは、会えばすぐもとに戻っちゃう。会社では、気の合うやつらとは実に気が合いました。でも合わないやつとはまったくダメで、ただ会社ってのはそういう人と口をきかなくても平気だしね。

会社を辞めて失ったものは……綺麗な女子社員と酒席を共にする機会くらいかな（笑）。なんのかんの言っても、最初はやっぱりちょっと調子が狂いました。会社では、女性社員に「半ちゃんギャルズ」と称してわたくしを囲む美人たちがいたんですよ。辞めるときに揃いの半纏《はんてん》まで作って盛大に送ってくれました。大酒飲みだけれど、酔ったってセクハラなんか毫《ごう》もしない、安全無害の人物と結構モテたんですぞ（笑）。「おい、〇〇さん、今日飲みにつきあえよ」と頼むと、しょうがないわねえって感じで「はいはい、じゃあ先約をちょっと断ってきます」なんて言って、喜んでくれたんです。食いものだって酒だって、美女と一緒だといちだんとうまくなる。そういうのがまったくなくなっちまったんだからねえ、やっぱり淋しいというか、つまんねえというか……。いくら疲れても、楽しく賑やかにオダをあげるのが好きだったから、それがなくなったのは大きかったですよ。

カミさんですか……当人にきいてもらわないとわかんないけど、最初は面食らってましたね。俺は昼から原稿を書く男なんですが、朝起きてくれば朝ごはんを食べ、昼も昼飯を食べ、さらに夕飯も食べるということでしょう。それにこの年代の男っていうのは、「男《だん》子厨房《しちゆうぼう》に入るべからず」をモットーとしているヤツで、家のことは何にもしない。ともかくボーとして飯を待って毎日そこに鎮座《ちんざ》しているんだから（笑）。

得たものと言えば……そうそう、退職に際して役員には会社から贈り物を差し上げるから、二十万から三十万円ぐらいを目安に希望を聞きたいと言われたんです。「そんなものいらねえ」と答えたら、「困る」と言う。後の人のことを思えば、それもそうです。で、社内を見わたすと、すでにスチールみたいな事務机に替わっているんだけど、俺が専務のときは代々受け継がれてきた木製のどっしりとした机と椅子を使っていたんですよ。机にはグリーンのフェルトが敷いてあって、ガラス板がのっかっている。前任者も使ってきたから、煙草の焼け跡がついていたりして年季のいったものでした。それが私が辞めた直後ぐらいに、近代的な新しいものに替わったらしい。で、あの机と椅子はどうなったのと聞くと、捨てるんで会社のどこかに粗大ごみとして積んであるという。「じゃあ、あれをくれ」とお願いしたら、「もう古いですよ」と驚かれちゃった。古いけど、使い心地は非常によかったんです……え、じんましんの思い出？ ないです、机には怨みはありません(笑)。

それで頂戴することになったものの、ずいぶんでかいので、「大丈夫ですか、家に入りますか？」。こっちは新しい家をつくることになってましたから、できたら届けてほしい、それまで会社に置いておいてくれ、と頼んで、寸法だけ計っておいたんです。新築の家はその机が入るよう、部屋も戸口も寸法に合わせてつくりました。会社から届いたときは、えっさえっさと四人ぐらいで二階まで運び上げてくれましてねえ。

それから四半世紀、だいぶ剝げてきましたけれど、今でも使っています。紀伊國屋書店のB5判の原稿用紙に3Bのエンピツでしこしこと。原稿を書くのも、ゲラに赤字を入れるのも、ぜんぶその机の上でやってきましたし、いまもやっています。この机で書いたものはもう何冊になりますかねえ。数えるのも面倒なくらいですが、粗大ごみにしないで大切にとっておいてくれた会社には感謝しています。……ということは、俺はまだ会社員時代と離れてねぇのかなあ(笑)。

脱線はムダか

会社を辞めて昭和史をやってやるぞ、という当初の決意と、いまの現実を見ると、理想どおりにいったとは思っていません。人間というのはなかなか一直線にはいかなくて、ずいぶん脱線してきたなあというところがありますね。『徹底分析 川中島合戦』や『手紙のなかの日本人』（ともに二〇〇〇年）なんて、考えればやることはなかったんです。もちろん細かい話でいえばのちのち役に立ったとは思いますが、余計な仕事を少なからずやってきました。でも、振り返って「こんなはずじゃなかった」ということはありません。

そうそう、「愛」と「非攻・非戦」を唱えた墨子《ぼくし》（『墨子よみがえる』二〇〇二年。中村哲氏との対談を増補して二〇二一年ライブラリー版刊）は、安吾さんや伊藤正徳さんに並ぶ、わが〝先生〟ですから脇道とはいえません。いっぺん残しておかないと、と思ったんです。いまの人にはどこの何者か、ほとんど知られていないけど、彼の思想はいまの先の見えない混沌たる時代にこそ大切にしなければならない、と思っています。お蔭で、漢文に少し強くなった。よし、ことのついでに、孔子や孟子、あるいは『唐詩選』を徹底的にやってやろうか……という気持ちも起きなくはなかったんですが、そこまで外れちゃいかんと、昭和史に戻ったわけです。

脱線してきたようでも、たとえば『墨子よみがえる』のなかで、神風特別攻撃隊のことや、八紘一宇のことや、米内《よない》光政の「魔性の歴史」のことや、チャップリンの『殺人狂時代』のことなど、昭和史にふれた話がやたらにでてきます。とくにインパール作戦の菊兵団が守備していたミートキーナ（現ミッチーナー）が陥落して退却せざるをえなくなったときの話で、丸山豊さんが書いた『月白《つきしろ》の道』（一九七〇年）から引用した一文のことは、いまでも忘れられません。

「私はつくづくと、戦争にたいする一個の人間の非力を思った。じつに徹底して非力である。しかし私は思いかえすのであった。たしかに一個の人間は砂よりも微弱だが、けっして、永遠に非力であってはならない、と」

そうなんです、われわれは永遠に非力であってはならないんです。心の中に平和の砦《とりで》を築かねばならない、それが最高の昭和史の教訓ではないか、と。墨子を書きながらも、昭和史からなかなか離れられない。

脱線ついでにもう一つ二つ話すと、芭蕉の高弟の宝《たから》井《い》其《き》角《かく》や小林一茶といった俳人の本も書いていています。それで俳句の研究家と思われている節もあって、プロの俳人とつき合いが深まった。亡くなった金子兜太《とうた》さんとの対談本も一冊だしています（『今、日本人に知ってもらいたいこと』二〇一一年）。でも、実のところ、俳句はシロウトに毛の生えたくらいで、威張れるところなんか露ほどもないんです。

其角とつき合ったのは、荷風さんが其角好きで、日記やエッセイのなかでやたらと其角をもちあげている。俺が好みの荷風さんのエッセイ「冬の蠅」の冒頭で「憎まれてながらへる人冬の蠅といふ晋子《しんし》が句をおもひ浮べて」とやっていたのに触発されて、其角に食いついたんです（『其角俳句と江戸の春』二〇〇六年。『其角と楽しむ江戸俳句』と改題して二〇一七年ライブラリー版刊）。晋子とは其角のことです。ちょうど『昭和史』にとり組んでいる最中で、頭の中は昭和史でいっぱい。ちょっと脳味噌のコリをほぐすためには、まことに絶好の相手でした。とにかく難解の句が多いので、こやつの正体をさぐるべくいろんな本をパラパラしました。これが実にいい頭の体操になったんです。人間の頭ってそんなところがあり、まったく方面の違うことに熱中して調べていると、固まって動かなくなった脳がまた動きだすんですよ。決して余計なことじゃありません。

一茶の場合は漱石からです。あまり知られていませんが、小川芋銭《うせん》という画家との共著がある。『三愚集』（一九二〇年）といいまして、一茶の二十七句を漱石がみずから筆で書き、その一句一句に芋銭が俳画をそえる、といった珍しい画帖です。河童の絵でのちに有名となる芋銭がまだ若いころの俳画で、漱石の書といい、芋銭の絵といい、まことに軽妙洒脱、これがすこぶるいい。プラス一茶で、〝三愚〟というわけです。この画帖を手に入れて、とたんに漱石の向こうを張って「俺も一茶の俳句を」、というわけです。漱石は「愚」ということを大事にしましたし、一茶も芋銭も努力して愚にかえることを志した人たちである。俺も下町生まれの悪ガキ育ちのせいか、利口ぶるヤツが大嫌い。三愚人の仲間入りをするつもりで、一茶の句と大いに遊びました（『一茶俳句と遊ぶ』一九九九年）。向島の三囲《みめぐり》神社の境内に、一茶の字で彫られた其角の「夕立や田を見めぐりの神ならば」という句碑があって、ガキの時代から親しんでいましたしね。

——というわけで、さっき引いた「大波小波」のいうように、たしかに関係ないことを結びつけて自分のものにする妄想癖があるのかもしれません。気になる文人が好んでいる人のことが目に入ると、その人のことを徹底的に知りたくなる癖があるのかね。決して脱線じゃなく、俺にいわせれば、一つの輪の中にいる人たち、ということになるんですが、読者からみるとちょっとおかしいと映るのか。よく「『昭和史』を書いた半藤さんと同じ人ですか」と手紙をもらったりします。正真正銘の同一人物なんですが。

昭和史はなぜ面白いか

一方で、とことん昭和史にこだわっているのは、やはり面白いからです。他の時代とはまったく違う。戦争があって、敗けて、ゼロから日本を立て直す時代を一緒に生きたわけです、それを事実に基づいて書こうというのですから。

もし幕末を書こうとすると、話を聞く人がいないのだから、相手は文献になります。というのは『幕末史』(二〇〇八年)で手をつけていて、——山県有朋を書いたおかげで幕末史にも詳しくなりました。山県はわが疎開先である長岡攻めをしているから〝悪役〟ですが——それとなく調べるうちに、どうも事実は私たちが伝えられているような歴史とはずいぶん違っているな、ということがよくわかりました。文献というのは、幕末でとりわけそう感じたのは、昭和や太平洋戦争と違って、薩長が自分たちの正当性を飾るために作られたものです。それで敗けた側の記録がないのかといえば、ないわけじゃないんです。あっても活字になっていなくて、みんな原文のまま。だから僕らには読めない、つまり公正な歴史でなくなる、安吾さんの教えそのもので、そういう意味では昭和史ほど面白くはないんです。ただし脇道とはいえ、たとえば昭和の陸軍で言う「右向け右」「捧《ささ》げー銃《つつ》ッ」

などの命令は長州藩からきているし、海軍の「ようそろー（直進）」なんかは薩摩海軍の言葉です、といったように、昭和とつながっていないことはないんですけどね。

「歴史に学べ」でなく「歴史を学べ」

そうこうしているうちに、気がつくと書くだけでなく、昭和史の〝語り部〟になっていました。講演ではなく、できるだけ易しい言葉で昭和の歴史を後の世代に伝えよう、という仕事をずいぶんやるようになった。これはまったく予定していなかったことです。

それまでに太平洋戦争や昭和史の本を書いてきて、それなりにけっこうな読者がいました。ということは、みなさん相当に歴史を知っているのだとばかり思い込んでいた。ですから以前は統帥権の問題なども、難しい専門用語を用いて書いてきました。しかし今の日本人は歴史を学んでいないんですね。

話は三十年ほど前になりますが、ある女子大の雇われ講師を三カ月ばかりやったとき、三年生を五十人ぐらい教えたのですが、一方的に話すんじゃなくて、若いあなた方が何を考えているのか、授業の最後の十分間ぐらいでアンケートを出すから答えてくれないか、とお願いして「戦争についての10の質問」というのを出したんです。その冒頭で「太平洋戦争で日本と戦争したことがない国は？——a ドイツ b オーストラリア c アメリカ d 旧ソ連」という質問をあげたところ、回収してみるとアメリカを選んだ人が十三人いた。さすがにおったまげてよ、オーストラリアはわかるし、旧ソ連もわからなくない、でもアメリカを選ぶのはねえ。次の授業でこの十三人に、私をおちょくるためにアメリカに○をつけたのかと聞くと、まじめに答えたのだという。なかで手を上げて質問をした子がいて「どっちが勝ったんですか」。そのときはほんとうに教壇でひっくり返りましたよ。本気でそう思っているのかと。もう彼女たちはいいお母さんになっているでしょう。これはねえ、日本の国はもう少し歴史をきちんと教えないと危ないぞと、そのとき思ったことは確かなんです。いくらなんでもひどいじゃないか、歴史が好きだとか、学ぼうとしているという人でなくても、基本として知っておくべきことはあると。

よく「歴史に学べ」と言います、歴史を教訓にしようとする言葉が流行りますが、そうじゃなくて、「歴史を学べ」のほうが今の日本人には正しいと思います。まずは知ること、そうして歴史を学んでいれば、あるとき突然、目が開けるんです。だから今は、できるだけ難しい用語を使わないようにしています。まず「歴史を学べ」と言っているからには、どういうふうに学んだらいいのか、わかりやすく伝えなきゃいけない、そうしているうちにいつしか語り部になってしまったんです。

自分では思いもかけなかったことでした。きっかけとなった『昭和史』(二〇〇四年)の語り下ろしは、「昭和史のことを何も知らない自分たちにわかるように、最初から喋ってほしい」という編集者の勧めもありました。学校の日本史の授業では、縄文時代から始まるでしょう、だから学年の終わりまでに昭和史に辿り着かないんですね。女子大での苦い記憶も蘇《よみがえ》りました。

ただ、昔から俺は声はでかいけど早口なもんだから、何を喋っているのかわからないとよく言われたんだよ。文春の社中日記に、「また半藤一利がでかい声で○×△÷?!♨……と喚いているが、なにを言ってるのかさっぱりわからない」と何べんも出てくるぐらいで(笑)、「語り部」とはおよそかけ離れていたんです。そんな俺を喋らせて、うまくいくかなあ、と思ってました。以前、日大芸術学部の講師をしたときの学生が文春に入社してきたことがあるんです。丸山くんというカメラマンで、後ろから「先生」なんて呼ぶじゃないですか。そんとき「授業ではほんとうのところ、何を言っているかわからなかったです」と言われました(笑)。ところがあにはからんや、『昭和史』の語りは、やってみたら大そう反響があったんです。いやはや「俺は案外、先生の素質があるんだ」と、これは思わぬ発見でした。半ちゃん塾でもひらきますかな（笑）。

読者層が広がりましたね。それまで自分が書いたものを読むのは、歴史好きであるとか、扱ったテーマに関心のある人ばかりでした。その意味では熱心な読者でしたが、せいぜいが一万人です。まあ『ノモンハンの夏』（一九九八年）はもう少し売れましたけどね。でも『昭和史』は戦後篇（二〇〇六年）と合わせて八十万部となり、今も読まれています。

とはいえ、そもそも通史なんてとんでもなくて、『魚雷戦　第二水雷戦隊』（一九七一年。のち『ルンガ沖夜戦』と改題）がいい例で、あだ名が「ヘソ」だっただけにへそ曲がりのところがあるのか、人がやらないことをやりたいと思ってきたんです。戦艦大和やゼロ戦なんてのはたくさんの人がやっているのに、駆逐艦の苦闘を書いた人はいない。ところが太平洋戦争でもっとも働いたのは駆逐艦乗りです。光は当たらないけれど、いつだって第一線で働いて、いちばんやられている、それを誰も書いていないのはおかしいじゃねえかというんで、じゃあ俺は駆逐艦を書く、と『魚雷戦　第二水雷戦隊』になった。もう一つの理由は、処女作の『人物太平洋戦争』（一九六一年）の取材のとき、田中頼三さんというガダルカナルで戦った第二水雷戦隊の司令官と会ってますからね。

駆逐艦雪風《ゆきかぜ》というのは、沖縄まで大和を護衛して特攻に出て行き、八隻の駆逐艦のうち

不死身の駆逐艦・雪風の勇姿。歴代の艦長４人を集めた座談会は貴重な歴史の記録となった。

四隻が残って、他はみんな沈んだときの一隻ですが、この雪風のみは戦死者ゼロ。終戦間際に空襲を受けたものの、ぴんぴんしているもんだから、戦後は引揚げ船で大そう働いたのちに賠償で台湾に取られちゃった。それからは「丹陽《たんよう》」と名を変えて、台湾の海軍で中国との間の海峡を守った――そんな数奇な運命を辿った「不死身の駆逐艦」なんです。ともかくあらゆる海戦に出て行っては無事戻ってきたんですから（伊藤正徳さんが亡くなる直前に『連合艦隊の栄光』で触れています）。その歴代の艦長四人が生きていて、全員集めて座談会をしたんですよ。ヒゲの寺内正道さんというのが最後の艦長で、レイテ沖海戦とか沖縄特攻とか、終盤の戦いを指揮したのはすべて彼でした。これが大酒飲みの面白い人で、「もうこんな話、やめよう、飲もう、飲もう！」というのを、そのつど宥《なだ》めて話を聞きましたよ。兵学校の卒業成績は下のほうだったことでしょう。とにかく話を引きだすのが大変でした。だってそういう話はここで残しておかないと、永遠に消えちゃうじゃないの。で、駆逐艦をテーマにした本ができたというわけです。

また、「文藝春秋」編集部にいたころ、二・二六事件の生き残り反乱将校の五人、嫌がるのを口説いて全員を集めて「50年目の2・26事件」という座談会をやったのも思いだしました。「遺言のつもりで本当のところを喋ってくれ」といって、われながら特ダネ的な話を引きだしたんですよ（「文藝春秋」一九八六年三月号）。昭和史の面白さを、司会しながら満喫しましたね。

へそ曲がりで言えば、「文藝春秋増刊」編集部にいた四十歳の頃、写真がたくさん入った大判の増刊を勝手につくっていいというので、「軍艦戦記」とか「航空戦記」とか、人がやらないものを出すと、これが十二、三万部ぐらい売れました。オタクの読者も多かったでしょうが、そういう本は当時は珍しかったんです。そのあと役員室に呼ばれると、会社の重役どもは揃って陸軍出身だったから「不公平だ、陸軍戦記もつくれ」と言われ、仕方なくつくりました。やれと言われれば「よし、じゃあ人がやらない陸軍の戦いの一冊をつくってやろう」と張り切るタチで。そういうわけだから、昭和史や太平洋戦争の〝通史〟をやろうという気持ちは、そもそもまったくなかったんですね。

通史をやって気づいたこと

思わぬ展開で、改めて一から昭和の歴史に取り組んでよかったのは、自分のなかでわからなかったこと、つまりどうしてここでこうなっちゃうのかな、というところが理解できたことです。ピンポイントでやってると見えないんですね。周辺の流れをしっかりとつかむために、もう一回勉強し直さないといけないんです。そういう意味では、昭和史という一つの流れを、大づかみだけれど丁寧に辿っていったことは、ものすごく勉強になりました。たとえば二・二六事件という一つの大きな事件、これだけを突っこんでやっているとたしかに面白いですよ。だけどやっぱり「部分」なんです、ピックアップしているだけです。ところが歴史の流れのなかで二・二六事件をとらえると、見方がまた違ってくる。そこだけ見るのとは異なる。そのなかで強く感じたのは、やはり昭和の中心には天皇があるということ。それは『昭和史』では表に出していませんけれど、今はそう実感しています。

平成の天皇と昭和天皇がどう違うのかを考えていくと、昭和天皇がものすごく苦労をしたことがわかってくる。歴代百二十五代の天皇のうちでたった一人、子どものときから軍人として育てられ、大元帥陛下と天皇という二重性を負わされた、そういう存在は唯一、昭和天皇だけなんです。大正天皇もそういうことはありませんでしたし、明治天皇などはへんな話、宮中のなかで女官に囲まれて育ち、維新だというので担がれましたが、自身は何もわからないで伊藤博文や山県有朋や山本権兵衛ら、年齢も大きく違う周囲の人たちに操られていただけです。そういう意味では、昭和天皇だけが国家の二重性――つまり軍事国家と、憲法を大事にする立憲国家というものの二重性を負わされた。自身はある程度、憲法を大事に考える天皇であったと同時に、憲法とは関係ないところの軍事国家の大元帥でもあった、その二重性というものに、昭和史をきちんとやって気づきました。くり返しますが、昭和史の基本にあるのは、憲法を大事にする立憲君主国家、もう一つは大元帥が統帥権をもつ軍事国家、その両方の長であった天皇が同一人格でまったく違うことをやったという点で、これはやはり昭和という時代の他にない特徴なんですね。

平成の天皇はその二重性を負う必要はない。その代わり、あるべき天皇像を自分でつくらなきゃいけなかった。象徴天皇とは何であるか、憲法にいう「国民統合のための象徴」とは何なのか、これは誰に問うても答えられません。前例がないんです。戦後、昭和天皇は憲法で象徴天皇になりはしましたが、当人はそれが何であるか、わからないまま死んじゃいました。平成の天皇は、試行錯誤しながら自分でつくったんです。象徴天皇像を三十年かけて見事につくりあげた。ものすごい努力だったと思います。即位して最初の八月十五日の全国戦没者追悼式から、「戦没者を慰霊し平和を祈念する日にあたり」と挨拶をされてきたでしょう。政府主催の会の名称に自分の祈りをつけ加え、それを平成三十年まで、つまり最後までくり返しとなえて国民に訴えたんです。

平成時代の天皇がお代わりになった現在、日本の政府には戦前を懐かしむ人がいるようです。戦後レジームからの脱却といってますが、戦後レジームというのは、いま言った二重性を排除して憲法を大事にする平和国家の体制ということ。そこから脱却するということは、前に戻るということでしょう。自民党の主張する憲法案の一条は、天皇を元首とする。そして自衛隊を国防軍にするというのですから、軍隊を復活するんじゃないでしょうか。つまり、また戦前の昭和史に戻ろうとする流れがかなり強くなっている。それは私に言わせれば、とんでもない大間違いをもういっぺんやることであって、だから昭和史を知ってほしい、昭和がどういう時代であったかをみなさんに今いちど学び直してほしいんです。

俺自身は実に出鱈目《でたらめ》な男で、うちのカミさんに言わせると、ともかく育ちが悪い（笑）。それでも上皇陛下には何回か呼ばれて歴史の話などをしてきました。ご夫妻はフィリピンやサイパンやペリリュー島へ、太平洋戦争で死んだ日本人兵士だけでなくて、戦争そのもので亡くなった現地の人たちを含めるすべての死者への慰霊に行かれています。そういえば、私の『昭和史』を読んだことについても言われていましたし、たいへん歴史を勉強されているなと感じました。沖縄に関するかぎりは誰もかなわないほどの権威らしくて、俺なんか足もとにも及びません。

象徴天皇はどうあるべきかを最初から考え、自身でつくっていったからこそ、今のうちに、生きているあいだに後のことをしっかりと見届けたいんじゃないでしょうか。

平成とは何であったか

平成の三十年間をあえて三つの言葉でいえ、となれば「平和、災害、インターネット」と答えたいですね。とにかくこの三十年、象徴天皇が先頭に立ち、「平和」というものがこれほど日本の骨子にあった時代はないと言えます――日本は実際、平和のなかにあるんですよ。戦争をしていないし、戦場で日本人が人を殺していないし、日本人は殺されてもいません。

そして災害の時代ですね。雲仙普賢岳が噴火したのは平成二年、それから七年の阪神・淡路大震災、二十三年の東日本大震災……地球温暖化の影響もあるでしょうが、これはどうも説明がしにくい。あと、少子化がわかったのは平成三年ぐらいですが、日本は何の手も打ってこなかった。だから平和であったけれど、問題が山積していながら誰もちゃんと手をつけなかった時代でもある。

三つ目は電子工学、コンピュータの進歩は想像を絶しました。ワープロが会社に初めて入ってきたとき私はまだ現役の最後のころで、右手を骨折したために左手でぽんぽんとキーを押して文章を書いたりして、なるほど便利なものだなあと感心しました。そのときは、三十年でここまでくるとは想像もしていませんでした。将棋や囲碁で人間がAI（人工知能）に負けるというじゃないですか。いまケータイすらもたないアナログ人間の最たるものの私には論じられませんし、手にも負えませんが、それも含めてきちんと三十年の流れを語るなり、書くなりしてつかんでいけば、何かがわかるんじゃないでしょうか。

もう一つ、外国の影響をどれだけ受けてきたのかという問題もあります。昭和戦前に関してそのことは『世界史のなかの昭和史』で書きましたが、「戦後」そして「平成」についてもそれはもちろん考えられます。たとえば一九八九年に天皇が死んで昭和史が終わった。その一年間だけ見ても、平成元年には中国では天安門事件が起き、共産党の一党独裁で徹底的に共産主義国家をつくってきた体制があそこから崩れていきます。今やコチコチの共産主義国家でもなんでもなくなっている、大資本主義国家ともいえる、そのスタートです。ベルリンの壁がガタガタッと崩れたのも同じ年。ルーマニアの国家元首チャウシェスクなどが殺されて独立国家になったり、ソ連の傘下にあった東欧諸国が革命でなく民主化されたのも一九八九年です。共産主義の大国ソ連邦の崩壊のはじまりです。それくらい、平成元年に世界秩序がガラッと変わったんです。歴史的因縁といっちゃあおかしいけれど、あのとき世界の秩序がぐるっと変わったにもかかわらず、日本はまだバブルの真っ最中でした。サラリーマンだった俺はウハウハ銀座で飲み歩いていましたから。

ただし世界でも日本でも歴史の大きな転換点にあるとき、渦中にいる人間はそれと気づきません。その後しばらくして一九九二年に日本ではバブルが弾けとんだ。その三年後には阪神・淡路大震災だけでなく、オウム真理教事件が起こりました。そういう国内的にものすごい変動が起こったとき、すでに世界はどんどん激変していて、冷戦構造は完全に崩壊した。その動きに目を配る余裕のないままに国内がダーッと変わっていった。そういう流れをきちんと見ていく「世界史のなかの平成史」を、誰かがきちんとやらなきゃいけないと思います。老骨でアナログ人間の俺にはとうてい無理ですけれど。

「平成後」を想う

日本がまた戦争のできる国になることを憂える声は聞こえてきますが、私は正直、まだ間に合うと思うんです。せっかく日本は戦後七十余年、危うい面もあったが、戦争をしない、決して攻撃はしない国を築いてきました。平和というものは国民の努力によって支え、保つことができるんだということを、日本人は七十年かかって世界に示してきたんです。それを世界に広げるという積極的な役割を担うことができる、日本は世界で唯一の国なんです、なのにやろうとしないんですね。戦争ができる国にしたい、なんていう人が天下をとっていればしょうがないけれど、「戦争がない」ことがいかに大事なことか。戦争は天から降ってくるものではありません。人が起こさないように努力しないといけないんです。墨子の教えではないけれど、もしも、戦争になるかもしれないという芽が少しでも出たら、プチンプチンとそのつど摘み取って、つぶしてやろうという努力を永遠に続けないといけない。

私は歴史というのは「人間学」だと思っています。歴史はくり返すとよく言いますが、単純にそうとは言えないんじゃないでしょうか。というのも、時代によって状況が異なるし、国際的な交流関係が昔と今とでは全然違うからです。ただし、歴史をつくっている人間というのは、いくら文明が進歩してもあまり変わらない。たとえ将棋でＡＩに負けたとしても、人間は変わりませんから、同じ策謀をし、同じような状況で同じような判断をし、同じ過ちをします。いちばん大事なときに手前勝手な見込みのもとに判断をするから、いっぺん間違うと、次のときにまた判断を誤るんです。

だから、くり返しますが、まず「歴史を学ぶ」、そしてどういう時に人間がどう考えたのか、どういう思いでこういう選択をしたのかを知る。そして、いちばん大事なときに、こんどは「歴史に学ぶ」。するとそれなりの教訓となるんです。

遠い昔のことですが、一九九〇年代初めに小選挙区制の話が出てきたのは、八八年に発覚したリクルート事件がきっかけでした。中選挙区制は金がかかりすぎるからこういう事件が起きる、だから比例代表制を導入するという。そのとき私は反対の声をあげました、というのもヒトラーが最初に出てきたのはこれなんです。彼は決して革命で出てきたのではなく、ちゃんと民主主義の手続きで出てきたのです。そのときの政治状況は少数政党の乱立で、その選挙法は小選挙区で比例代表制です。ナチス党はその選挙法をうまく利用して出てきた。結果がヒトラー独裁というわけです。同じことが日本でも起きますよ、必ず一強独裁を導きますよ、と話したんですが、あのときは誰も聞こうとしなかった。

でも今は戦前と違って、いくらでも各国の人の交流があります。それにわれら悲惨な戦争体験のあるじいさんばあさんが元気なうちは、まだ大丈夫です。その先のことは、少し下の世代、さらには若い人たちの双肩にかかっていると思います。

そのためにも、かつて橋の技師になることを諦めはしましたが、今を生きる人と昭和史のあいだに橋を架ける仕事を、俺はしているんだ——なんて言うと、かなりこじつけになるでしょうか。それに「自慢高慢バカのうち」といいます（笑）。

人生の一字

人にとって、いや自分にとって幸せとは何か？　そうですねえ、夜寝るとき、明日の朝に死んでいてもいいや、と思えることかな。寝床に入るとき、今晩、心臓麻痺でぽっくり逝ってもあまり後悔することねえな、ずいぶん面白い人生だったなと。

戦争を戦って帰ってきながら、まったく語らず無言のままの人が大勢いました。小沢治三郎、栗田健男、宮崎繁三郎……逆にたくさん語った人もいた、あるいは嘘を言ったり、弁解ばかりする人もいた。語らざる人はなぜ最後までこうも無口だったのか、それにはちゃんと理由がある。この人はどうして嘘をつくのか、それも何かある。たくさん見てきて、やっぱり人間というのは実に面白いと思った。なにも講談や浪花節に出てくる加藤清正がどうの、豊臣秀吉がどうの、そんなことをやらなくても、生身の人間の方がよっぽど興味深い。坂本龍馬も勝海舟もいいけれど、昭和の人間のほうがよっぽど面白いや、そう思ったことが結果的に一筋につながった——何かを読んだからとかじゃなくて、それが今の〝実感〟ですね。私の昭和史は、それでしょう。

一つだけ、三十年来続けていることがあります。毎年八月一日から三十一日までの一ヵ月間、朝、寝間着のまま寝床の上に座って、「戦陣に死し職域に殉じ、非命に斃《たお》れたる者、およびその遺族に思いを致せば、五内《ごだい》ために裂く」と、終戦の詔勅の一節を唱えます。戦陣に死し、は兵隊さん、職域に殉じ、というのは船員さんや職工さんたち、今は靖国神社に入っていますが、かつては入っていませんでした。非命に斃れたる者、というのは原爆や空襲、サイパン島や沖縄の戦いなどで亡くなった非戦闘員の戦没者すべて、その遺族のことを考えると内臓が裂けて砕けるようだ、という意味です。それを唱えて一分間、黙禱して起きます。平和への祈りです。

これまた墨子さんの教えでもありますが、人間は絶望しちゃいかんと思います。憲法はじきに変えられちゃうんだから、とか、投票に行っても同じだとか、あっさり決めてしまっちゃいかん。私たちにはまだまだ、うんと努力しないといけないことがあるんです。墨子の言葉（いや、柴又の寅さんの言葉？）をかりれば、平和を保持するために、奮闘努力すべし、なのです。

自分の人生を漢字一字にたとえるとすると、「漕」ですね。艇《ボート》だけじゃなくて、昭和史も漕ぎつづけてきた。ゴールはなくても、飽きずに一所懸命に漕いできた。毎日毎日漕いでいると、あるとき突然ポーンとわかることがある、オールがすうーっと軽くなるように。だから、「続ける」ということ。決して諦めず、牛のようにうんうん押していくことです。長い人生、伊藤正徳さんの遺言を守ったわけじゃないけれど、あたしはまだやってるんだ。八十九歳で現役らしいからねえ（笑）。

人間八十歳を超えると「一期一会」を日々意識する。人の生命には「果《は》て」あり。つまり「涯《はて》」である。中国の「荘子」にいわく。「生に涯あり、されど知に涯なし」八十九歳はそれで頑張っている。されば諸兄よ、奮闘努力せよ。

毛

［附録］

四文字七音の昭和史

「皇国」という言葉

『幕末史』をまとめているとき、思わずウムと唸って、呆気《あっけ》にとられたことを覚えています。そこには、まさかこの言葉がそんなに早く、というかなり驚きも加わっていました。尊王攘夷派も、開国派も、佐幕派も一様に「皇国」「皇国」と大合唱で叫んでいることとなのです。敵も味方もない。戦争に敗けてから、いわゆる「皇国史観」は断罪されて、皇国はいまや死語となっていますから、その連呼にはびっくり仰天したわけです。

たとえば、吉田松陰が山県太華《やまがたたいか》との論争で大声をあげてやっています。

「凡《およ》そ皇国の皇国たる所以《ゆえん》は、天子の尊、万古不易なるを以《もっ》てなり。苟《いやしく》も、天子易《か》ふべくんば（中略）則《すなわ》ち皇国と支那・印度と何を以て別《わか》たんや」

松陰は明らかに南北朝時代の南朝の忠臣北畠親房《きたばたけちかふさ》の『神皇正統記《じんのうしょうとうき》』を読んでいたのでしょう。この著は「大日本は神国なり」で最初の一行がはじまる、「皇国史観」の原典となったような本で、太平洋戦争中に中学生であったわたくしは、このむつかしい本を読ませられ、神国あるいは皇国という国家観を徹底的に叩きこまれたものでした。そのなかで、親房はこの国家観を説明して、こんなふうにいっています。

「天祖はじめて基《もとい》をひらき、日神《ひのかみ》ながく統《とう》を伝へ給ふ。我国のみ此事《このこと》あり。異朝には其《その》たぐひなし。此故《これゆえ》に神国と云ふなり」

松陰が支那、印度にこのことなし、といい切っているのは、まさしく『神皇正統記』を頭に入れているからであるに違いないと思うのですが。

幕末の、薩摩（鹿児島）と土佐（高知）の間で結ばれた秘密盟約では、文庫でたった二ページの長さしかないのに、「皇国」が六回もでてきます。これにもびっくり。

さらには、幕末史をとおしていちばん覚めていたわが勝海舟も、山岡鐵太郎（鉄舟）に託した駿府《すんぷ》の西軍総督本部への嘆願書で、

「一点不正の御挙あらば、皇国の瓦解《がかい》、乱臣賊子の名目、千載の下《もと》消ゆるところなからむか」

と、半ば西軍を脅《おど》かし気味に「皇国」をもちだしているのです。古代ローマのカエサルの「ブルータス、お前もか」ではないのですが、「勝っつあん、お前さんもか」と、それはもうかなりガッカリしたものでした。

そもそもが、外圧に押し潰されそうになったとき、国家指導者にとっては、一つにまとまった国家意識の高揚が大事なのです。それにはキーワードが必要で、それで国民的意識

統合をはからなければなりません。いつの時代でも同様といえます。

幕末においては、その原動力となったのが、夷狄《いてき》にたいする「皇国」の二文字であったわけなんです。下級武士や民草《たみくさ》にはほんとうはそれが何を意味しているのか、多くはわからなかったでしょう。わからなくともかまわない。むしろ知らないままに、口の端《は》にのぼりやすければ、それでいい。口当たりのいい言葉はくり返しているうちに、がぜん、効力を発揮するのです。

「皇国」とは、まさしく幕末の日本人にとっては、国家観統一のためのよき言葉のはじまりであったのです。

本家中国と日本

この、わけのわからぬままの「皇国」意識を土台にして、この国には幕末から維新、そして明治にかけて、奇妙なほど四文字熟語がうみだされていきました。新しい政治概念や、外国から学びいれた法則などは、ことごとく四文字熟語がつくられて、その和式スローガンによって国家が運営されていった、ということができます。

しかも、それらは調子よく、少々音引きや促音をごまかして発音することによって七音でまとめ、まことに口当たりのいい言葉となり、くり返すことによって、民草を煽るのに成功したようです。

まず幕末は「**黒船来航**」にはじまって「**尊王攘夷**」「**勤皇佐幕**」「**公武合体**」「**勤皇倒幕**」「**船中八策**」「**大政奉還**」「**王政復古**」……。

ついで明治となると、「**万機公論**」「**版籍奉還**」「**廃藩置県**」「**廃仏毀釈**」「**四民平等**」「**国民皆兵**」「**自由民権**」「**脱亜入欧**」「**文明開化**」「**国会開設**」などなど。さらには「**三国干渉**」「**臥薪嘗胆《がしんしょうたん》**」という大事な四文字もありました。ほかに「**五洲大国**」「**殖産興業**」「**治乱安危**」なども思いだせますが、いまは歴史の彼方に消えてしまいました。

いや、ひとつ、より大事な四文字七音を忘れていました。「**富国強兵**」です。よく考えてみますと、国を富ましながら、軍事予算をどしどしつぎこんで強国を建設することは、大いなる矛盾ではないか。とは思いますものの、このことと臥薪嘗胆があって日清・日露の国難的大戦争を見事に乗り切ることができたのです。で、明治最大の政治的スローガンは、この言葉であったかなと考えられるのです。

と書いてきまして、ふと気づいたことがあります。四文字熟語の起こりは、幕末そして明治に限定されるものではなく、古代から日本人がつくってきたものではないか、ということです。聖徳太子の「**以和為貴**」（和をもって貴《とうと》しとなす）や「**世間虚仮《せけんこけ》**」、仏教の「**捨《しゃ》身飼虎《しんしこ》**」とか、「**照于一隅**」（一隅《いちぐう》を照らす）、「**只管打坐《しかんたざ》**」、「**専修念仏**」とか。となると、四文字熟語は日本人の発明か、と思いたくなってきますが、もともとは中国に発するのです。

調べてみてすぐわかったのですが、じつは残念ながら四字熟語のそもそもは中国古代からの用法でありました。漢字の祖である中国では、四字熟語をつくるのはいわばお手のもの。『詩経』いらいの四言詩の伝統が、中国で膨大な四字熟語をつくりだしていた。そして、それが日本に伝来してきて、四字熟語がこの国でも多くつくられるようになったのは明らかです。神話の時代から江戸時代までの目ぼしい言葉をいくつか、思いつくままにあげてみると、まず「**天地開闢《かいびゃく》**」「**天孫降臨**」に発します。そして「**大化改新**」があり、「**源平藤橘《とうきつ》**」「**蒙古襲来**」「**建武中興**」とつづいて、戦国時代には「**群雄割拠**」、そして織田信長の「**天下布武《ふぶ》**」。細《こま》かくみればまだまだ沢山あると思いますが、日本史の講義をするわけではない。以下は略します。

ただし、ここで注意しておきたいことは、なんだ、中国の古典の模倣か、とあっさりと思わないことなんです。そこはそれ二次加工の名人達人である日本人らしい工夫が加えられています。なるほど、たしかに中国古典の影響下にあることはありましたが、日本なりの特色がないわけではなかったこと、そこが大事なんです。

すなわち、本家の中国では、四字熟語の形式では対句が多いのです。たとえば「一日不作／一日不食」「知者楽水／仁者楽山」「諸悪莫作／衆善奉行」といった具合です。たいして日本では、スパッと四字だけで完結させていること。しかも大いに流行したものは七音であること。それが妙に日本人を魅了する魔術を秘めることになりました。理窟でなく、七音で情緒に訴えかける。和式四文字の特徴がそこにあるのです。

漱石先生と『蒙求』

ここで司馬遼太郎さん流に、余談ながら、と前置きして、夏目漱石の雅号について一席することにします。

かくまでもないことながら、漱石という雅号は、中国の古典『蒙求《もうぎゅう》』にある故事からでています。

秀才の誉《ほま》れの高い孫楚《そんそ》という男が、隠遁を決意して、親友の王済《おうさい》に心境を語るに、俗世間を離れて自然と親しむという意味の「枕石漱流《ちんせきそうりゅう》」という言葉を、ひょいと誤って「漱石枕流」といってしまった。王済はそれを聞いてカラカラと笑って、「流れに枕することはできない。石で口を漱《すす》ぐこともできないぜ。そんなこっちゃ、隠遁なんてどだい無理なことよ」

とからかった。と、すかさず孫楚は、

「流れに枕するのは耳を洗うためであり、石で口を漱ぐのは歯を磨くためなんだ。決して間違ったわけじゃないんだぞ」

そう屁理窟をつけて反論した、という話なのです。

そこから「漱石枕流」はへそ曲り、負けず嫌いという意の諺《ことわざ》にもちいられるようになりました。そして漱石がこの雅号を使いだしたのは、明治二十二年（一八八九）の春。慶応三年（一八六七）生まれの漱石はときに二十二歳。この話の出所である『蒙求』が、青年時代の漱石の愛読書であったことが、よくわかるわけなのです。

この『蒙求』について、贅言《ぜいげん》を加えますと、これは唐の時代の李瀚《りかん》という人の撰集で、経書や史書などの古典を繙《ひもと》いて、古人の事蹟などからよく似た話をならべてとりあげた面白いものなのです。二つずつ四字句にして組み合わせ、韻《いん》をふんで記憶しやすいように構成された児童向きの教科書の副読本、といったもの。

たとえば「孫楚漱石／郝隆《かくりゅう》曬書《さいしょ》」というふうにでてくる。いずれも詭弁《きべん》を弄《ろう》したへそ曲りの人の話。孫楚はすでにかいたとおり。郝隆は、七月七日の真っ昼間のくそ暑いとき、日蔭にも入らず、腹をだして日なたで上を向いて寝ていた。熱中症になるぞと思った人が注意しながら、そのわけをたずねると、

「世間では、今日は衣服や書物を日にさらす日であると、いっせいにそれをやっている。それで俺は腹の中に覚えこんでたまっている書を太陽にさらしているところなんじゃ。余計な心配をするな」

とさも得意そうにいってのけた、という話なんです。

日本の『誹風柳多留《はいふうやなぎだる》』に、

「塩引きのやうに郝隆土用干し」

という川柳がありますから、江戸時代にも『蒙求』は多くの人に読まれていたのでしょう。そういえば、與謝蕪村に「枕する春の流れやみだれ髪」という枕流を詠んだような句があるのを思いだしました。

とにかく、『蒙求』は平安朝のころに輸入されて、多くの人々に愛読されてきた書物なんです。「勧学院の雀は『蒙求』をさえずる」という評もあったほど平安時代にはよく読

まれていました。明治のころには、いわば学に志す子弟の必読書になっていたのでしょうから、青年時代の漱石が通読していてもなんら不思議はないわけです。

　それにしても、昔の人は偉かったな、とやっぱり思えてきます。いまの日本人はほとんどが唐の時代の児童向きの本が読めやしない。たとえば、「許由一瓢《きょゆういっぴょう》」という四字熟語の内容説明の全文をあげてみます。

「逸士伝、許由隠二箕山一、無二盃器一、以レ手捧レ水飲レ之、人遺二一瓢一、得二以操飲一、飲訖掛二於木上一、風吹瀝瀝有レ声、由以為レ煩、遂去レ之」

　これを解釈してみると――いや、わたくしの一知半解な解釈より、ここは『徒然草』第十八段にこの話がそっくりかかれていますので、それを引用することにします。

「唐土《もろこし》に許由といひつる人は、更に身に随へる貯へも無くて、水をも手してささげて飲みけるを見て、なりひさごといふ物を人の得させたりければ、或《ある》時木の枝に掛けたりけるが、風に吹かれて鳴りけるを、喧《や》かましとて捨てつ。また手に掬《むす》びてぞ水も飲みける」

　これで意味がよくわかりますね。このあと、兼好法師はこう結んでいます。

「いかばかり心の内涼しかりけむ」

　せっかく頂戴したものであるが、瓢《ふくべ》は風が吹いてくるとコロコロという音をたてた。隠士にはこれがうるさくてたまらない。これさえなければ昔どおり静かで、心穏やかでいられるのに、と思ってそれを捨ててしまった。便利さよりも心の静謐《せいひつ》のほうが大事なのである。この話を読むと、風流もここまでくると、お見事！　の一言につきると、わたくしなんかは思ってしまうのです。

漱石もこの話をひどく好んだようです。さながら許由になったつもりで佳句を詠んでいます。

瓢かけてからくと鳴る春の風

「赤い夕陽の満洲」から

閑話休題《それはさておき》――あらためて主題である「四文字七音の昭和史」に話を戻します。

わたくしは『B面昭和史』をまとめるとき、第一話「大学は出たけれど」の時代、そして第二話は「赤い夕陽の曠野・満洲」と題して、かきすすめました。戦前の昭和日本はまさしくこの〝赤い夕陽の満洲〟の権益保持、さらなる拡大をめぐって波瀾万丈の十五年の幕をあけたのです。

事実、前の年から唱えられはじめた「日本の生命線」満洲の地が、南からは中国革命軍の北伐の勢いと、北からは新国家ソ連邦の五カ年計画によって脅かされはじめたとき、権益をなんとしても確保しようとすることは、それこそ容易ではなかったのです。その憂慮と焦燥にかられた陸軍は、いまならまだ間に合うと、いわゆる**満蒙問題**の解決に、謀略で戦闘を起こし、ここを領有してしまおうと、強引に突っぱしっていきました。昭和六年（一九三一）九月の満洲事変がそれです。

ところが、歴史の動きの不思議なところですが、案に相違してこれまで軍部にきわめて批判的であったマスコミがこぞって、これを支援していきました。中国軍の計画的敵対行動に対抗するためにとった日本軍の行動は、まさしく「**正当防禦**《ぼうぎょ》」であるとかきたて、そして民草を意識的に煽り立てました。その反対の可能性（つまり日本軍の謀略的攻撃ではないか）については、一言の問いすらも発しようとしなかったわけで、結果として、世論は一気に「**暴**《ぼう》**支**《し》**膺懲**《ようちょう》」で燃え上がったのです。あとから考えれば、それが太平洋戦争への第一歩になったのですが、民草はだれもそうとは予想だにしませんでした。

主題の、四文字七音のスローガンは、じつはここに発したといっていいのです。「暴支膺懲」がまずそれです。そういえば、発端の「**満蒙問題**」そのものがすでにその嚆《こう》矢《し》であったかもしれませんが。

以下、民草を煽るためのスローガンがどしどしつくられていきます。「**五族協和**」「**王道楽土**」「**満蒙開拓**」「**日満一体**」。そして昭和七年三月には、新国家満洲国が華々しく建国されました。

いうまでもなく、わが日本国が武力を駆使して、一年もかからずに一つの国家をつくりあげるとは、世界史上においてかつてない大事業でした。そんな慶事（?）をよそに国内的には、軍の真意を理解せず、政治を壟断《ろうだん》する「**君側**《くんそく》**の奸**《かん》」を排除することは、まさしく「**忠君愛国**」であり、「**昭和維新**」なりと、白昼に「**問答無用**」ズドンという首相暗殺、これまた世界史上にない大事件が起きています。五・一五事件です。

しかも、この事件は民草には妙に人気があって、テロそのものを義挙と賞揚し、殺人者たちが憂国の「**青年将校**」として同情され、減刑運動が盛んになる。「軍神」といわれている東郷平八郎元帥までが「彼らの志を国民に知らせると同時に、足りないところは援助してやってほしい」といいだす始末。この国のかたちがゆがみだしていることがよくわかります。四文字七音は妙な威力を発揮したのです。

いっぽうの満洲国建設のほうは、世界はこれを「国家」として認めようとはせず、問題化していました。国際連盟は日華紛争調査委員会、いわゆるリットン調査団を派遣して、その実態を調べることにします。その調査団の報告書が日本政府に通達されてきたのが十月。そこには「満洲事変は日本の侵略行動であり、満洲国独立は純粋な独立運動の結果ではない」とかかれていました。そのいっぽうで、「日本の満洲における権益を尊重すべきである」との妥協的な見解ものべられていました。

しかし、勢いづいていた日本の世論は、このリットン報告書に猛烈に反撥しました。国連の妥協的見解など目に入りもしません。そして十二月八日の国連総会での首席全権松岡洋右《ようすけ》の「十字架上の日本」という強硬な非難演説に、民草はさかんな拍手を送る始末なのです。そして「**東洋平和**」「**国連脱退**」と四文字七音の大合唱がはじまりました。

ときの内閣は斎藤実《まこと》が率いる穏健内閣でしたが、こうなるともう支えきれません。昭和八年三月、日本政府は国際連盟にたいして、正式に脱退を通告せざるを得なくなります。日本が国際的に孤立の道へ大きく踏みだしたときなのに、言論界、いや大きくいえば世論そのものに、もうこのとき良識のかけらも残されていませんでした。強気一点張りで、孤立をむしろ大歓迎。みずからナラズ者の国家を選んだ、ということになるのです。

このあと、昭和八年と九年の二年間は、対外的にはげしい衝突もなく、国内的には「ソレ、ヨイヨイヨイ」の東京音頭が大流行したり、渋谷駅前に忠犬ハチ公の銅像が建てられたりと、明るい話題がつづきます。昭和開幕いらいの不況も満洲での戦乱の軍事景気で脱します。束の間の穏やかな日々がつづいたことになります。そのときに民草を鼓舞するための四文字スローガンをつくる必要は、政治と軍事の指導層にはありませんでした。

昭和史を転換させた「国体明徴」

ところが、昭和十年になって、岡田啓介内閣は軍部や右翼の圧力に押しまくられて、「**国体明徴**」という言葉を発表します。これは久しぶりに国民統合のためのスローガンといえるものでした。

「恭《うやうや》シク惟《おもん》ミルニ、我ガ国体ハ天孫降臨ノ際《さい》下シ賜ヘル御神勅ニ依リ昭示セラルル所ニシテ、万世一系ノ天皇国ヲ統治シ給ヒ、宝祚《ほうそ》ノ隆《さかえ》ハ天地ト与《とも》ニ窮《きわまり》ナシ……」

むつかしくて何のことやらと思われるかもしれませんが、要するに、わが日本帝国は天皇陛下の治めるもの。天皇がすべてを統治しているのである。それ以外の考え方（たとえば天皇機関説）は間違っている。それは神代の昔から決まっていることである、ということを徹底的に国家の大方針として明らかにしたのです。そういえば「**万世一系**」も四文字でした。

いま思うと、このあたりから、風の吹きようで天地左右どちらへもなびく民草は、はじめは国策によりそって、やがては歩調をともにし、ついには逆に強力に推進していく軍国主義的国民になっていったようです。

こうして新聞や雑誌にたいする縛《しば》りがきつく固くなりました。言論の自由がいっぺんに抑圧されたことになり、この国は大そう窮屈な国になってしまいます。それゆえに、この「**国体明徴**」は、昭和史のいちばんの転換期の四文字といえましょう。ここから天皇を現《あら》人神《ひとがみ》とする軍事国家が、勢いをましてぐんぐん形成されていくのです。

と、四文字七音の政治的・軍事的スローガンを追いかけていくと、戦時下にあった昭和という時代をほぼたどることができるのです。それくらい四文字七音は、五七五七七（短歌）や五七五（俳句）になじんだ日本人の感性にはぴたっと合っていたようです。いや、七音は単に生理的なリズムだけではなく、『万葉集』の時代から、つまり古来、日本文化の所産としてあるもののようです。

ですから、それを叮嚀《ていねい》にかいていけば一冊の本になる。ではありますが、老骨には、いまはもうわかりやすく読みやすく長々とまとめる体力はありません。気力はもっと失われています。情けない話ですが、事実です。それで、思いつくまま以下に昭和史の四文字七音の言葉をかきならべてみることにします。

二・二六から日中戦争へ

昭和十一年（一九三六）にはご存じのように二・二六事件が起きました。完全武装の軍隊による政権打倒のクーデタです。要人が容赦なく何人も殺害され、東京の中央部は震撼しました。事件は、昭和天皇の、蜂起した軍隊は反乱軍である、「余みずから討伐せん」の強い、ゆるがぬ意思により、四日間で終結いたしました。

そのかんに「**青年将校**」「**尊王討奸**《とうかん》」「**皇軍相撃**《そうげき》」の言葉、それにラジオをとおしての「今からでも遅くない」の名言が飛び交いました。が、四文字のほうは七音でピタッとこなかったためか、日本全国津々浦々まで広がって、定着することはなかったようです。大阪では「儲《もう》かりまっか？」と、いつもどおりにやっていたようです。

ただ、事件そのものは、昭和史に大きな影響をあとあとまで残したのです。陸軍の指導者は、ときの内閣の国策に不満があったりすると、「私はよろしいですが、軍の省部（陸軍省と参謀本部）の中堅将校たちはどう思うでしょうかね」と、政財官界のトップの脅《おど》しに二・二六をテコにしばしば使うようになった。

さらに、戒厳令を布《し》くことによって、武器をもった将兵が中央部に進出し、政治の中枢部は完全にマヒし、無能無策となりました。陸軍の指導層は、このことで政権奪取のとっておきの手段を完全に手にしました。その結果、陸軍の政治進出の道が大きくひらけたことになるわけなんです。

武力によるクーデタの脅威は、昭和二十年八月十五日の玉音放送までつづきました。その意味で「二・二六は死なず」、長く生きつづけていたといえるのです。

そして、翌十二年には、日中戦争の勃発。戦時国家へと一挙に突入していきます。再度、「**暴支膺懲**」が強く叫ばれます。それにつづいて、戦争となれば「**挙国一致**」「**聖戦完遂**」「**一億一心**」「**祭政一致**」となり、ときの近衛文麿内閣は「**大政翼賛**」をしきりにとなえます。

それと、わたくしの記憶では、「**天壌《てんじょう》無《む》窮《きゅう》**」という四文字もさかんに叫ばれました。「壌」は地面ですから、日本の国は建国されたときから天地極まりない、「宝祚の隆は天地と与に窮なし」で、永遠につづく世界に冠たる大国家なり、という意味です。悪ガキのころから、「天壌無窮、天壌無窮」と、意味もわからないまま、呪文のようにしきりととなえていたものでした。

そのかんにも、中国との戦争は、アメリカの中立政策の関係から、日中両国とも宣戦布告をしないまま〝事変〟として本格化していきます。陸軍中央は、盧溝橋《ろこうきょう》での小衝突をチャンスとしてとらえ、戦線を拡大しましたが、中国軍の対日抗戦意志は強く、次第に戦いはどろ沼化していくのです。十二年十二月、中国の首都であった南京を攻略しても戦闘は終わらない。十三年十一月、漢口《かんこう》など武漢三鎮を陥《お》としても激闘はまだつづきます。日本軍は中国大陸の奥へ奥へと進撃していきます。

こうなって、それまでモンロー主義（中立政策）を守る上からも抗議や非難をさしひかえていたアメリカが、このような日本軍の無法な、侵略的な作戦行動の即時中止を強く要求してきます。アメリカだけでなく、英仏蘭などの列強も硬化して、日本への非難を強めていく。近衛はめげずに十一月三日、「東亜新秩序の建設」の大理想を目標にし、日本がその先頭に立つ盟主となってアジアの諸国をリードするのだ、と謳《うた》いあげました。アジアはわが大日本帝国が統括するという宣言です。

ところが、この「東亜新秩序」は内閣にとっては残念ながら字数も違い、音調も七音を超えて、民草の心の琴線《きんせん》にピーンとくるところがありませんでした。近衛は「日本の戦争目的は東亜永遠の安定を確保すべき新秩序の建設にある」と、さかんに笛や太鼓で宣伝し訴えたものの、全国民的な政治的スローガンにはついにならなかったのです。だいぶあとで「大東亜共栄圏」と変えたものの、やはり同様でした。

こうして十四年一月に近衛は内閣を放りだします。あとに平沼騏一郎内閣が成立しましたが、これが近衛内閣以上に無能無策。それなのに、最大の政策としてとりくんだのが、近衛の前の広田弘毅内閣のときに結んだ日本とナチス・ドイツとの防共協定を、ソ連を共通の敵とする軍事同盟にまで拡大しようというのですから、たちまちニッチもサッチもいかなくなる。

このイタリアも仲間にしての日独伊三国同盟問題で、内閣がはげしくもめているときに、ノモンハン事件が起きる（五月）、中国の天津でイギリスと小衝突して日英関係が極度に悪化する（六月）、そしてアメリカが日米通商航海条約の廃棄を通告してくる（七月）と、それこそ字義どおりてんやわんや。平沼内閣はほとんど立往生であったところに、踏んぎりのつかない日本に愛想をつかして、ドイツがなんとソ連との間に不可侵条約を結んだではありませんか（八月）。

平沼内閣はア然、そしてボー然。「**複雑怪奇**」という名文句を残して総辞職するほかはありませんでした。陸軍大将阿部信行を首相にいそぎ新内閣が発足する。その二日後の九月一日、ドイツがポーランドに電撃作戦を開始、大機動兵団が侵攻していきました。英仏両国がただちにドイツに宣戦布告する。日本があたふたしているうちに、第二次大戦がはじまったのです。

この世界大戦の勃発は、日本が直面していたあらゆる問題をいっぺんに吹き飛ばしました。では、日本はどうすればいいのでしょうか。

最高のスローガン「八紘一宇」

かなりすっ飛ばしてかいたのですが、やっぱり既知の歴史的事実をグタグタと、小うるさい文章になりました。でも、もう少しつづけます。そして昭和十五年。この年は、初代の神武天皇の即位の年を元年とする当時の日本独自の年号で数えると、皇紀二六〇〇年で、全国民があげて祝うべき記念の年として開幕しました。

はたして目出たい年であったかどうか。東京で開かれるはずのオリンピックも万博も、ヨーロッパの戦乱のために中止と決定しています。かわりに明けて間もなくの一月二十六日に、いよいよ日米通商航海条約は完全失効という打撃が見舞ってきました。この損なわれた日米関係を何とかしなければ、太平洋の波立ちは治まることはありません。大日本帝国の最優先事項をあげれば、この一事につきました。

しかも、ヨーロッパでは、いままで東を向いていたドイツの電撃作戦が、西へ突如として方向転換しました。ふたたび大機動兵団による猛攻です。四月九日、ノルウェー、デンマークが侵略され、五月十日にはベルギー、オランダ、そしてフランスへの侵攻がはじまる。

このドイツの見事な電撃作戦の成功を横目にしながら、七月三日、陸軍中央部はこれからの時局処理方針を決定しました。①日独伊三国同盟の締結、②南方への進出を決意、という内容です。こうなると、なんとか米英協調路線をとろうとする、ときの米内《よない》光政内閣が邪魔で、これをテロの脅しをこめた策謀をもって打倒します。そして七月二十二日にはその後釜にふたたび近衛文麿を登場させました。近衛なら牛耳《ぎゅうじ》ることができるとの自信が陸軍にはあったのでしょう。

国民はこれを喜んで迎えます。なぜなら、近衛はそれ以前からこんどこそ陸軍の政治介入を阻止するために、大々的な新体制の国民的組織をつくり、それを基盤に、陸軍の圧力を排して、政策を強力にすすめる、と高唱していたからです。国民は大きな期待をこの青年公爵にかけました。

ところが、国民の期待はあッというまに裏切られます。いざ首相の座についてみると、近衛は陸軍の主張をあっさりと容認し、積極的方針を打ちあげました。八月一日に発表された「基本国策要綱」がそれで、世界はいまや歴史的一大転機に際会しているという判断のもと、「八紘《はっこう》を一宇《いちう》とする肇国《ちょうこく》の大精神」のもと世界平和をつくる、と謳いあげ、それに基づいて、対外的には「大東亜新秩序の建設」を目指す、というものでした。米英にはこの政略は敵対戦略としてうけとられるだけで、友好回復どころの話ではなかったのです。しかも、その後に近衛内閣が実行したことは、陸軍の「時局処理要綱」を地でいくものでした。九月二十三日の北部仏印（現ベトナム）への武力進駐、そして同月二十七日の日独伊三国同盟の締結。

そのどちらも、国民には鳴物《なりもの》入《い》りで説明されています。①いざという場合の「**南方資源**」を求めての南進である。また、蔣介石政権がいつまでも抵抗をつづけるのは、米英による戦時物資の援助をうけているためで、その物資輸送の南方ルートを封鎖せねばならない。そのルートが仏領印度支那（仏印）なのである。②友邦ナチス・ドイツの快進撃を見よ、ヨーロッパ新秩序の建設はもう目に見えるところまできている。いまこそ、わが国策の最大目的たる大東亜新秩序の建設のための、南進のチャンスだ。そのためには「バスに乗り遅れるな」、すぐにでも三国同盟を結ばねばならない。

国民はこの「**南方資源**」の獲得と、「**三国同盟**」締結の四文字に、あれよという間に乗ったのです。ドイツの電撃作戦の見事さに目が眩《くら》んだといってもいいでしょう。それに「バスに乗り遅れるな」のスローガンが効果的でした。南進だ！　南進だ！　ドイツと同盟だ！　この大合唱が、世論の雪崩《なだれ》現象をひき起こしました。火事場泥棒的な気分が日本中を満たして溢れだしたのです。

しかし、北部仏印進駐にたいしてアメリカは、屑鉄《くずてつ》の対日輸出全面禁止ときびしい政策をもって応じてきました。三国同盟締結には、ルーズベルト米大統領がこういい切りました。

「米合衆国の国民は断じてかかる威嚇に屈するものではない。われわれはわれわれ自身のための大道、しかして民主主義のための大道を歩んでおり、ヨーロッパおよびアジアの独裁諸国がいかなる結合をもってしようとも、われわれのこの大道を阻むことはできない」

（十二月十二日の演説）

日米関係は完全に敵対関係に突入しました。いわゆる「ノー・リターン・ポイント」（引き返すことのできない地点）を超えてしまったのです。三国同盟は致命的といっていいでしょう。

日本政府はそうなって、いっそう日本精神昂揚のための運動に血道をあげて、国民を煽ります。「米英恐るるに足らず」、「**聖戦遂行**」そして「**八紘一宇**《はっこういちう》」。

この「八紘一宇」の八紘とは四方と四隅のことで、つまり世界ということ。一宇とは一つの家。両方合すると、世界を一つの国にするということで、その家の家長は、わが大日本帝国なり、ということなのです。『日本書紀』を原典とする言葉で、神武天皇が橿原《かしはら》の地に都をひらいたことを語った場面にでてきます。

「上は則《すなわ》ち乾霊《あまつかみ》の国を授けたまふ徳に答へ、下は則ち皇孫、正を養ふの心をひろめむ。然《しこ》うして後に、六合《くにのうち》をかねて都を開き、八紘《あめのした》を掩《おお》ひて宇《いえ》と為《な》さむこと、また可《よ》からずや」

上は、すなわち天皇は、天の神様から国を授けてもらって、その徳に答え善政を行い、下の者たちは正しいことを養う心をひろめる、そして八紘為宇がこの国の使命（国是）なのだ、ということなのでしょう。

悪ガキの小学校上級生のわたくしは、意味なんかどうでもよく、とにもかくにも「八紘一宇」「八紘一宇」と、お経でもよむように唱えさせられたものでした。しかもこれをう

けてできた国民歌が「愛国行進曲」で、二番に、

〽征《い》け八紘を宇《いえ》となし、四海の人を導きて、……

の一行があって、それをでっかい声で歌わせられました。歌は津々浦々で歌われ、こうして八紘一宇は戦時下日本の最大最高の国是となったのです。この四文字七音のもつ意味はものすごく大きかったと思うわけです。

「油は俺たちの生命だ」

日米関係が悪化するいっぽうのまま、昭和十六年が明けました。近衛内閣の音頭とりで「**大政翼賛**」「**臣道実践**」がさかんに叫ばれていました。たとえば、大相撲の一月場所の両国国技館には、この二つの四文字を大書した横幕がはりめぐらされていたといいます。しかし、マス席にはドイツとイタリアの外交官や来日の要人がびっしり。米英の外交官たちがこれをよく思うはずはありません。太平洋はいっそう荒々しく波立ってきます。

少し端折《はしょ》りますが、これではならじと日本政府が、特使を送りこんで、通商航海条約を結び直すべくワシントンで外交交渉をはじめたのが、四月になってからでした。ルーズベルト大統領と近衛首相が太平洋沿岸のどこかでサミットを行い、こじれている問題点を解

決するという案で外渉は進められ、とにかく一度は日米双方とも歩み寄ったのです。しかし、歴史というものは皮肉なもので、そうは一直線に、スムーズにいきませんでした。

そんなときに、突然、イギリスを屈服させるべく全兵力を向けているのかと思えたドイツが、鉾先《ほこさき》を転じてソ連に侵攻を開始したのです。これが日本時間六月二十二日。ここに内大臣木戸幸一の日記があります。

「この世界の急激なる大変動に際会し、我が国がひとり拱手《こうしゅ》傍観し居る能《あた》わざるは当然であって、資源の貧弱なる我が国が南方の石油、ゴム、鉄を入手する為の施策《しさく》をなすは、何ら差し支《つか》えなきところであるが、これはあくまで平和的に行われるべきものであって……」

これがもう南進で煽られていた当時の日本人の、おそらくいちばん代表的な考え方ではなかったか、と思います。「**南方資源**」を獲得するための「**南進政策**」をとることは、何ら差し支えない――そんなわけはないのです。ところが、平和的にやればかまわないじゃないか、と考えている辺《あた》りが、じつに世界情勢を知らないところ。といえばそれまでですが、事実そうであったのです。

こうして七月二十五日、南部仏印に平和裡《り》の無血進駐の強行を決定するのです。「好機を捕捉し対南方問題を決する」というのが、政府と軍部の一致した意見によるものでした。いざという場合の南方作戦の最前線基地です。日本の外交電報の暗号解読に成功していたアメリカは、この日本の計画に激怒しました。日本の背信と思えたのでしょう、ただちに在米日本資産凍結。それに怯《ひる》まず日本は予定どおり、七月二十八日にサイゴンに進駐しました。待っていたとばかりアメリカは、八月一日に対日石油輸出の全面禁止という峻烈な戦争政策でこれに対応してきました。

日本の陸海軍首脳は、まさかそこまで強硬な戦争政策をアメリカがとるとは予想すらしていませんでした。海軍の軍務局長岡敬純《たかずみ》少将が「しまった! まさかそこまでやるとは思わなかった。しかし、油は俺たちの生命だ。石油をとめられたら戦争あるのみだ」と天を仰いで悔いた、といいますが、万事手遅れなのです。海軍全体がこのとき、たちまちに対米開戦前夜といってもいい雰囲気に包まれてしまいました。

日本国内も騒然としてきました。「**全面禁輸**」とは何だ、軍も官も対米英戦争を公然といいはじめ、マスコミがこれに乗っかって、強硬論で紙面を飾りました。アメリカから石油が来なくなったら、わが国は四カ月以内に「南方資源」を求めて立ち上がるか、米英に屈服するしかあるまい、さあ、どちらを選ぶか、と国民の闘志に火をつけるような論説を、どの新聞も毎日のように載せはじめました。

たとえば十月二十六日の東京日日新聞（現毎日新聞）の社説です。

「戦わずして日本の国力を消耗せしめるというのが、ルーズベエルト政権の対日政策、対東亜（アジア）政策の根幹であると断じて差支えない時期に、いまや到達している。（中略）われらは東条内閣が毅然としてかかる情勢に善処し、事変完遂と大東亜共栄圏を建設すべき最短距離を邁進《まいしん》せんことを、国民と共に希求してやまないのです」

「**最短距離**」とはつまり、戦争をやれ、ということ、早く起《た》ち上がってガーンとアメリカに一撃を与えろ、ということなのです。それほど石油の全面禁輸は決定的であったわけなのです。

あとは**一瀉千里**《いっしゃせんり》でした。

「**日米交渉**」はどこかに吹き飛んでいってしまった、といってもいいでしょう。日本の対米英開戦決定までの流れを、いちいち叮嚀にかくに及ばないと思います。アメリカ政府は最後の最後まで、「三国同盟から日本は脱退せよ」「中国および仏印から軍隊を速《すみ》やかに撤退せよ」「満洲国を日本だけが押さえていずに、各国に機会均等にせよ」という原則論を変えることとなしに、日本に強く要求して譲らなかった。日本はそれらのどれ一つにも応じることはできません。断固拒否あるのみでした。

随筆家で芸能人でもある徳川夢聲《むせい》の日記にこんなことが記されています。十六年十二月四日付です。

「日米会談、相変らず危機、ABCD包囲陣益々強化、早く始ってくれ」

これがそのころの国民一般の正直な気持ちであったと思います。もう我慢の限界だと。「日米会談」(「日米交渉」)も四文字でした。そしてABCD包囲陣は新聞がつくった流行語で、アメリカ(A)、ブリテン(B)、チャイナ(C)、ダッチ(オランダ)(D)を意味します。

このようにして大日本帝国は、根本的にはナチス・ドイツの勝利をあてにして、十二月八日、対米英戦争へと突入していったのです。当時の国民総生産でいえば、アメリカは日本の十二・七倍です。以下、アメリカからみれば生産力は艦艇四・五倍、飛行機六倍、鋼鉄十倍、保有力は、鉄二十倍、石油百倍、石炭十倍、電力量六倍。そんな統計的数字をあげて、開戦に疑問を投げかけようものなら、この敗戦主義者、国賊、非国民め、と罵声を浴びせかけられたのです。日露戦争では、総生産が日本の十倍であった帝政ロシアに勝ったではないか。戦いは物量でするにあらず、必勝の信念でやるものだ。それが当時の国民の心意気であり、鼻息でありました。

戦時下の四文字

「四文字七音の昭和史」という主題をどこかへ置き忘れたかのような史話を、それにしても長々とつづけてきました。このあと昭和二十年八月十五日まで、三年八カ月余の戦争下の話はすべて略すことにします。

以下には、その悲惨この上なかった戦争中に、われわれの生活のすべてを根本的にコントロールした四文字七音の言葉を、思いつくままにずらずらと、それもできる限り年代順にならべてみることで、不手際のお詫びの印といたします。

十二月八日、いざ開戦となって、「**米英撃滅**」「**打倒米英**」にはじまります。「**短期決戦**」「**奇襲攻撃**」「**敵前上陸**」「**銀輪部隊**」「**聖戦遂行**」「**尽忠報国**」、四文字がやたらに溢れできました。これに仮名交《まじ》りの四文字七音の「**敵は幾万**」「**空の神兵**」「**同期の桜**」なども加えていいでしょうか。それに日中戦争下のスローガン「**一億一心**」「**挙国一致**」「**連戦連勝**」「**無敵皇軍**」などもふたたび高唱されました。

開戦の日の夜の、内閣情報局次長奥村喜和男の獅子吼《ししく》が忘れられません。

「……神州日本は不滅であります。皇国日本は天壌と共に栄《さか》ゆるのであります。（中略）八紘《あめのした》を掩《おお》いて一宇《いえ》となす。御稜威《みいつ》のもと、生くるも死するも、ただこれ大君《おおきみ》のためであります。君国《くんこく》のためであります。この灼熱の愛国心ある限り、神州は絶対に不滅であります。我に正義の味方あり、我に世界無敵の陸軍あり、海軍あり。米英何ぞ惧《おそ》るるに足らんやであります。（後略）」

そうでした、見事に国民の戦意を煽りたてた言葉に「**神州不滅**」がありました。

しかし翌十七年六月のミッドウェィ海戦の敗北によって、戦闘の主導権は米軍の手に移り、短期決戦による講和の道は厚く閉ざされます。これからあとは日本が恐れていた物量対物量、生産力対生産力の、長期の国家総力戦にひきこまれていくことになりました。ミッドウェィ海戦が戦争の運命を決した戦いと呼ばれるのは、その意味でまことに正しいのです。

このあとの、ガダルカナルの飛行場争奪の決戦に敗退し十八年二月に撤退、四月、山本五十六《いそろく》戦死。いよいよ戦況は不利になり、十二月、陸軍省は決戦標語に『古事記』の神武天皇「久米歌《くめうた》」にある「撃《う》ちてし止《や》まむ」を採用し、国民の戦意をあらためて喚起しますが、南の島々では「死してのち已《や》む」の玉砕《ぎょくさい》につぐ玉砕と、ただ敗戦を重ねていく一途となりました。そして十八年以降は——。

「**学徒出陣**」「**瓦全**《がぜん》**玉砕**」（瓦《かわら》となりて全《まった》からんよりも玉となって砕《くだ》けん）、「**勤労奉仕**」「**雑炊**《ぞうすい》**食堂**」「**鬼畜米英**」「**産業報国**」「**学童疎開**」「**縁故**《えんこ》**疎開**」「**勤労動員**」「**神風**《しんぷう》**特攻**」「**振武**《しんぶ》**特攻**」「**一機轟沈**《ごうちん》」「**一億特攻**」「**本土決戦**」「**一億玉砕**」「**不惜身命**《ふしゃくしんみょう》」「**天佑神助**」「**新型爆弾**」「**国体護持**」「**玉音放送**」「**承詔必謹**《しょうしょうひっきん》」、そして二十年八月十五日に戦争をどうにかこうにか終結することができたのはご存じのとおり。

それにしても、なんと多くの四文字の政治的スローガンが、わたくしが中学生の時代に大手をふって罷《まか》り通っていったことか。なかんずく以下で一席ぶちたいのが、「不惜身命」にかんすることとなのです。

日本人独特の死生観

戦争末期、いまから思うと人間の生命はほんとうに軽く、かついかに安かったことかと、ただ驚嘆し寒け立つ思いがいたします。とくに若ものの生命。「武士道というは死ぬ事と見付けたり」（『葉隠《はがくれ》』）、「**七生**《しちしょう》**報国**」（『太平記』）、「**滅私奉公**」「死して護国の鬼となる」「悠久の大義に死す」「死は鴻毛《こうもう》より軽し」、すでにふれた「死してのち已む」「撃ちてし止まむ」、そして「不惜身命」。わたくしたちの周りは「死」の言葉がいっぱいでした。それらは、国のため、天皇のために死ぬことが大事、という国家観であり、死生観であり、それを骨髄に達するまで叩きこまれつづけたのです。

「いいか、お前たち」と教師や軍国おじさんが胸を張っていいました。わが大日本帝国は神の国であり、永遠にして悠久なる世界に冠たる国なのである。ほかの国とは違うのである。神風はかならず吹く。であるから、国のために死ぬということは、その神風をよび起こし、永遠の生命《いのち》を生きることに通じるのである。これは日本独特の哲理であり、日本人のみがわかる死生観というものなんである。特攻隊の若ものたちはみな、この死生観をもって散っていった。死は鴻毛より軽いんだ。どうだ、わかるかな、国のため、天皇陛下のために死ぬということの意味が。天壌無窮の皇国、万世不易の神国でなければ、決してこの死生観は成立しないんである。華々しく散って悠久の大義に生きる、とは、じつにこのことなんである。死は尊くて、美しい。それが生きていることの意義なんであるな……。

中学生のわたくしたちは黙って、わかるはずのないこのお説教を聞いていました。退屈で大あくびでもしようものなら、ゴツンと、火がでるほど頭を殴られる、それが嫌だから、といいまは白状するほかはありませんが。

『B面昭和史』に一度かいたことですが、ここでまたかきたくなりました。本土決戦のために渡された「国民抗戦必携」というパンフレットのこと。そのほんの一部を引きます。「鎌、ナタ、玄能《げんのう》（トンカチ）、出刃包丁、鳶口《とびぐち》などを用いるときは、後ろから奇襲すると最も効果がある。背後からの奇襲は卑怯ではない。敵はわが神土へ土足で入りこんだ無礼者である。正面から立ち向った場合は半身に構えて、敵の突き出す剣を払い、瞬間胸元に飛びこんで刺殺する」

当時の軍事指導者は本気でそんなことが、三年生以上の中学生にできると思っていたのでしょうか。写していると、何ともいえぬ心持ちになってきます。しかし、当時はそうではありません。それが華々しく散って悠久の大義に生きるということなのか、「不惜身命」ということなのか、と思わないわけにはいきませんでした。

そういえば、いまから何年前のことであったでしょうか。首相森喜朗が「わが国は（天皇を中心とした）神の国である」といって民草をびっくりさせたことが思いだされました。あのとき、わたくしは腰が抜ける思いを味わったのですが、それでも首相はふざけていったのであろうと理解してやることにし、忘れることにしたのですが。

でも、この国はいったいどうなっているのかと思わせられるのは、この森発言はたしかにその直後は少しく問題化しましたが、それもほんの一時のことでたちまち鎮静化してしまったことです。あるいは「神国日本」こそが日本の本質である、神聖なるわが国体を一言で喝破《かっぱ》している、と信じている人が、いまの日本には多いのか、そんな気がしないでもないのです。

「神国日本」という四文字七音の言葉は、戦争中に国民の心のうちにしっかりと喰いこんでいった。それが、いまの世にもそのまま通じているのでしょうか。

崑崙山の人々

いや、いま突如として、満目蕭条《まんもくしょうじょう》たる焼け野原から経済大国へ、そして原発事故までの戦後六十六年の間に、びっくりするほど四文字七音がつくりだされたことも、きちんとかきとめておきたくなりました。これも当然のことながら昭和史なんですから。

戦後は「**人間宣言**」にはじまりました。以下は、「**地方巡幸**」「**平和憲法**」「**戦争放棄**」「**男女同権**」「**六三三制**」「**男女共学**」「**残留孤児**」「**共同募金**」「**東京裁判**」「**A級戦犯**」「**戦争責任**」「**天皇退位**」「**第三国人**」「**農地改革**」「**全面講和**」「**単独講和**」「**日米安保**」「**団塊世代**」「**神武景気**」「**安保反対**」「**高度成長**」「**所得倍増**」「**複合汚染**」「**東京五輪**」「**列島改**

造」「**東大紛争**」「**経済大国**」「**貿易摩擦**」「**北方領土**」「**郵政改革**」「**自己責任**」「**赤字国債**」「**経済格差**」「**政権交代**」。

まだまだあるかもしれません。思いつくままに記しながら、日本人はなぜ四文字七音のスローガンにはまるのか、とあらためて考えざるを得なくなりました。文化的所産なのでしょうが、それにしても多すぎませんか。そしてそのスローガンに動かされすぎてきませんでしたか。あるいは、熱しやすく、冷めやすく忘れやすい日本人の悪癖なのか、それとも本性なのでしょうか。逆にいえば、四文字七音の言葉には、日本人の心をとりこんで、雪崩現象を起こさせる魔性が秘められているのか。

戦後の四文字を思いだすことに関連して、昭和二十五、六年ごろに観たあるお芝居のことを、余談もいいところですが、かきたくなりました。どこの劇場で、だれの演出で、出演者がだれであったか、すべてすっぽり忘れましたが、作者は飯澤匡《ただす》、タイトルは『崑《こん》崙《ろん》山の人々』。

仙境コンロン山に住む何《ホー》・珉《ミン》・静《チン》の三仙人は、みずから作りだした不老不死の術のお蔭で齢《よわい》三千年の長寿、いまや生きることに退屈して死ぬ工夫に一所懸命である。ホー仙人は八百五十年も鍛えた剣で仲間二人の首をはねるが死ぬことはできなかった。がっかりしたミン、チン二仙人は、それならばと仙術を使って、世界毒性薬物会議に出席する日本人理学博士の土井ナニガシの乗った飛行機を遭難させ、コンロン山に土井博士をよびよせる。

狙いは博士が発明した劇薬にあった。その辺の薬局で売っている風邪薬、胃腸薬といったつまらぬ薬を三種類ほど、試験管二本で混ぜるとなぜかできてしまう珍薬だが、青酸カリの三十二億万倍の効力がある。さて三仙人、大いなる期待のもとに妙薬を服用したが……、さっぱり効かなかった。いくら頑張って飲んで七転八倒しても死ななかった。ピンピンしていなければならない。

かくてコンロン山には相変わらず退屈な、何もすることのない、死ねない、生きることが何ともバカバカしい日々がつづいていくことになる。

春日遅々――。

という内容でした。

この諷刺たっぷりの新劇を大笑いして観ていたのですが、突如として、三月十日の東京大空襲のあの夜、わたくし自身は九死に一生で生きのびたのですが、「非命に斃《たお》れた」友や知人たちの顔が思いだされてきて、滂沱《ぼうだ》たる涙が落ちるのを止めることができませんでした。まわりの人たちからいっせいに、奇異の、訝《いぶか》しげな視線を浴びつつ、涙をボロボロこぼしていたことを覚えています。

観終わって外にでれば、居酒屋でいっぱいきこしめしたのでしょう、大声で歌いながら大道を闊歩《かっぽ》している人の群れ。朝鮮動乱の「**特需景気**」のお蔭で、敗戦日本は生き返っていました。そして、そこには、ひとりの生命は地球より重い、したいことはし放題の〝戦後〟があったのです。

そして戦後七十五年を過ぎて、「**特定秘密**」保護法だの、共謀罪を加えての「**組織犯罪**」処罰法だのの法律の強引な通過、さらには「**緊急事態**」「**基地攻撃**」という言葉が主張され、それに備えて「**憲法改正**」が日常茶飯のように高唱されている。数の力で押しまくってきた「**一強政治**」は倒れたものの、東京新聞によれば、（二〇二〇年）八月三十一日、「私の後継者も日米同盟を強化する方針に変わりはない。安心してほしい」と、その前首相は米大統領に電話で伝えたというから、新首相に自浄作用は望めない。いまの政治家諸公は、三百十万人もの「したいこともできず」生命を散らしていった尊い犠牲者の上に、はじめて自由と繁栄が得られたのだということを完全に忘れているようです。

不惜身命とか一死報国とか、生命の軽々としていた時代、お前たちの生命は二十年だぞといわれ、生きることよりいさぎよく死ぬ覚悟をひたすら鍛えていた時代。本気で、木《もく》銃《じゅう》をもって白兵戦の訓練をしていた時代。それにくらべていまは……。

いやいや、くらべるまでもありません。余計なお節介でしょう。とにかく、いまはただ、若ものたちがやたらに賞揚され、おだてられ、かわりにその生命が安くなる時代の到来だけは何があっても阻止しなくてはならぬ、日本よ、平和でいつまでも穏やかな国であれ、とわたくしは切に祈るだけなのです。

終わりに

これでお終《しま》いです。

それで、ここは、また司馬遼太郎さんに倣《なら》って、「余談ながら」をもう一言、ということになります。

小林一茶の句に、こんな妙なのがあります。

この所あちゃとそんまの国境《くにざかい》

俳句なのか川柳なのか、何のことやらと思われるでしょうが、「あちゃ」は信濃方言、「そんま」は越後方言で、ともに〝さよなら〟（いや、「あばよ」かな）の意味なのです。一茶らしい方言が活かされたしゃれた句ではないでしょうか。

わたくしは本年五月で満九十歳になりました。だれかが歌った流行歌の文句に「思えば遠くへ来たもんだ」という一節のあったのを記憶しています。それをもじって「思えば長く生きたもんだ」であります。そのお蔭で、まことに、まことに長いこと『こころ』誌に拙いものをかきつづけてまいりました。読者の皆様には飽きずにお読みいただけたことと勝手に考え、心から感謝申し上げます。ありがとうございました。

そして最後に、越後長岡にゆかりのあるわたくしは、

「では、そんまそんま」

とご挨拶をお送りして、お別れしたいと思います。

（初出＝『こころ』Vol. 57 最終号　二〇二〇年十月。単行本未収録）

略年譜

一九三〇年　〇歳　五月二十一日、父末松・母チヱの長男として向島に生まれる。

一九三六年　六歳　二・二六事件の日、父のいいつけで雪合戦を我慢し家にブウブウいいながら籠っていた。

一九三七年　七歳　第三吾嬬小学校に入学、一年後には新設の大畑小学校に通うようになる。しかも当時珍しい男女組。日中戦争が始まって以降、なんとなしに周りの空気が軍国的になる。小学校時代は「少年講談」や浪曲に親しむ。

一九三九年　九歳　父が区会議員となり、悪ガキがにわかに「お坊ちゃま」に。しかし悪ガキに変わりなし。

一九四一年　一一歳　太平洋戦争が始まってからは、父の反戦的ボヤキを聞いて育つ。

一九四二年　一二歳　四月、映画を見ていた最中に最初の空襲体験。ただしB25の姿を見ていない。

一九四三年　一三歳　都立第七中学校に進学。隅田川の数々の美しい橋を眺めて育ったためか、この頃から橋をつくる技師に憧れを抱く。

一九四五年　一五歳　三月十日の東京大空襲で死にかける。父親とともに母や弟妹が疎開していた下妻へ。その後、父親の故郷・新潟県長岡へ、長岡中学校に転入。八月、終戦。

タバコを初めてくゆらす。

一九四六年　一六歳　東京に戻る家族をよそに、ひとり長岡に残って勉強に打ち込む。雪国の通学で自然に体が鍛えられた。

一九四七年　一七歳　一高の受験に失敗して失意なるも、戦後の東京の街と女性の美しさをしっかりと記憶に刻む。

一九四八年　一八歳　旧制浦和高校に合格して入学。すぐ理科から文科に転じ、橋の技師になる夢はいつしか萎んでいった。

一九四九年　一九歳　春、東京大学文学部に入学、すぐにボート部に入る。大きな影響を受けてきた父が胃がんで亡くなる。

一九五二年　二二歳　前年に慶應大学に敗北したボートレースで、ついに全日本選手権の優勝を飾る。

一九五三年　二三歳　大学卒業。卒論はにわか勉強で「堤中納言物語の短篇小説性」。三月、文藝春秋に入社。見習いのうちに坂口安吾と出会い、歴史の面白さを知る。九月、出版部に配属。翌年三月にまた「文藝春秋」編集部に異動。

一九五六年　二六歳　また出版部に異動となるや、伊藤正徳の担当に。連載の手伝いを頼まれて昭和史の取材を始める。

一九五九年　二九歳　創刊準備から「週刊文春」編集部員となり人一倍働く。

一九六一年　三一歳　昭和史に本格的にのめりこみ、「週刊文春」連載ののち処女作『人物太平洋戦争』刊行。

一九六二年　三二歳　「文藝春秋」編集部に戻る。翌年のケネディ暗殺時にはぎっくり腰で寝ながらも一夜で長い記事を執筆。自称「名デスク」として七年間ちょっとを同編集部で過ごす。
一九六五年　三五歳　『日本のいちばん長い日』刊。デスクをやりながらの大仕事であった。
一九七〇年　四〇歳　この前後から「漫画読本」「週刊文春」「文藝春秋」編集長を歴任。十数年の編集長暮らしの間、執筆はいっさいせず。のち出版局長となるが、二年もたたないうちにクビ、窓ぎわにやられる。
一九七八年　四八歳　閑職のあいだに明治史を書く構想を練る。「漱石」に熱を入れる。腕のなまり防止策として一九八〇年から文庫判・新書判の年賀状を計十五冊作った。
一九八四年　五四歳　想定外の取締役となる。役員会議でやたらに上役につっかかって煙たがられる。
一九九一年　六一歳　監修と注・解説を担当した『昭和天皇独白録』が刊行される。
一九九二年　六二歳　『漱石先生ぞな、もし』刊。専務のまま出版したので印税はなし。新田次郎文学賞を受賞。
一九九四年　六四歳　退社してものかきとして本格的スタートを切る。文藝春秋からの刊行物も印税をもらうようになる。
一九九八年　六八歳　『ノモンハンの夏』を刊行、山本七平賞を受賞。
二〇〇一年　七一歳　『「真珠湾」の日』刊。
二〇〇四年　七四歳　授業形式の語り下ろしで『昭和史 1926–1945』を刊。

二〇〇六年　七六歳　『昭和史 戦後篇 1945–1989』刊。前後篇で毎日出版文化賞特別賞を受賞。
二〇〇九年　七九歳　やたらに書きまくったので東京新聞「大波小波」で冷やかされる。
二〇一五年　八五歳　当事者に直接取材し「戦争の真実」を追究した、との理由で菊池寛賞受賞。
二〇一六年　八六歳　政治や軍部の動きを〝A面〟とし、それに対する庶民の歴史として昭和戦前を描いた『B面昭和史』刊。
二〇一八年　八八歳　『世界史のなかの昭和史』刊。『昭和史』『B面昭和史』と合わせて〝昭和史三部作〟を完成。米寿の祝いをするとロクなことはないと祝賀せず。
二〇一九年　八九歳　末利子夫人のプロデュースで、旧知の作家八人のグループ展「さらば平成　こんにちは！　令和　ズッコケ文人書画展」を銀座の画廊で開催。初の自伝『のこす言葉　橋をつくる人』刊。
二〇二一年　九〇歳　一月十二日、老衰のため永眠。息を引き取る前に「日本人は悪くないんだよ」「墨子を読みなさい」と夫人に伝えていたという。

【著者】
半藤一利（はんどう　かずとし）
1930年、東京生まれ。東京大学文学部卒業後、文藝春秋入社。「週刊文春」「文藝春秋」編集長、取締役などを経て作家。著書に『日本のいちばん長い日』『漱石先生ぞな、もし』（正続、新田次郎文学賞）、『ノモンハンの夏』（山本七平賞）、『「真珠湾」の日』（以上、文藝春秋）、『幕末史』（新潮社）、『B面昭和史 1926-1945』『世界史のなかの昭和史』『墨子よみがえる――“非戦”への奮闘努力のために』（以上、平凡社）など多数。『昭和史 1926-1945』『昭和史 戦後篇 1945-1989』（平凡社）で毎日出版文化賞特別賞を受賞。2015年、菊池寛賞を受賞。2021年1月逝去。

平凡社新書１００１

半藤一利　わが昭和史

発行日――2022年4月15日　初版第1刷

著者――半藤一利

発行者――下中美都

発行所――株式会社平凡社
〒101-0051 東京都千代田区神田神保町3-29
電話 （03）3230-6580［編集］
（03）3230-6573［営業］

印刷・製本―図書印刷株式会社

構成・編集―山本明子

装幀――菊地信義

ISBN978-4-582-86001-6
平凡社ホームページ　https://www.heibonsha.co.jp/